双葉文庫

書き下ろし　長編フェチック・エロス

巨乳諜報員《エージェント》

睦月影郎

目次

巨乳諜報員《エージエント》

第一章　日常から淫らな世界へ

1

（何か変だな……）

居酒屋のバイトを終え、夜九時過ぎにアパートに戻った圭一《けいいち》は、ここ最近よく体験する違和感を覚えて首をひねった。

室内の、どこがどう変わっているというわけではない。しかし、毎日寝起きしているものだけが感じる、何やら普段と違う雰囲気だった。

高円寺《こうえんじ》にあるアパートである。四畳半一間に三畳のキッチン、あとはバストイレだ。万年床《まんねんどこ》にテーブル、小型冷蔵庫に僅《わず》かな食器以外は、全て受験用の参考書ばかりだった。

河津《かわづ》圭一は十八歳。函館《はこだて》出身で、この春に高校を卒業して一浪、上京して半年になる。予備校は、夏期講習やたまの模試の時ぐらいしか行かず、大部分はバイトに時間を費やし、来年の受験などよりは、早く彼女が欲しいと願っている童貞少年だ。

将来の目標は、まだない。

できれば作家になりたいが、特に自分に才能があるとも思えず、ただ満員電車の通勤がないからというだけの動機にすぎなかった。

函館の家は小さな借家で、父親は製薬会社の社員、母親は市場のパートで、あとは高校一年の弟がいる。何しろ家が狭く、弟と同じ部屋で二段ベッドだったから、オナニーにも苦労しなければならなかった。

一人になれる風呂場かトイレで行うのが常だったから、こうして一人暮らしを始め、心おきなく布団で抜けることが、上京して最も嬉しかったことだった。

まあ来春は、どこかの大学の文学部にでも転がり込めるだろう。そして卒業までに、どこかの雑誌で作家デビューすることができれば、中退したってかまわないと思っていた。ジャンルは、SFか伝奇ミステリーでもやりたいが、彼女を見つけて女体を知れば、官能だっていいと思っている。

要するに、甘い夢ばかり抱いている日々を送っているのだった。

それにしても彼女が出来なかった。高校時代はシャイでろくに女子と話も出来ず、今のバイト先の居酒屋にも何人かの女の子がいて、ユニフォームである紺の作務衣《さむえ》に染み込んだ汗の匂いに興奮するが、やはり個人的に親しくなることはなかった。

何しろ圭一はチビでズングリ、目と口が大きく、小中学校時代のニックネームは『ガマ』だった。顔の愛嬌を生かせば人気者になれたかもしれないが、何しろ性格が暗い。スポーツはダメで、勉強の成績も中程度である。

（彼女さえ出来れば、こんな自分が変えられるのだがなあ……）

圭一は思った。

先に自分が明るく変われれば彼女が出来るかもしれないのだが、性格ばかりは急にどうこうなるものではなかった。

とにかく、部屋に感じる違和感だ。

積んである参考書も、キッチンの食器も冷蔵庫の中も、特に異常はない。

しかし、何となく感じるのである。

（そうか、匂いだ……）

部屋に籠もった自分の体臭は分からないが、自分以外のものの匂いが、何となく関知できるのだ。それはうっすらと甘く、官能的なフェロモンだった。

（女性が、侵入……？）

圭一は周囲を見回しながら考えたが、部屋へ勝手に入れるのは大家《おおや》だけだ。函館から母が来るなら事前に連絡があるだろうし、大家は六十代のオバサンで、どちらも、香水なんかつけないだろう。

圭一はトイレやバスルームを見て回り、髪の毛一本でも何か証拠はないか探し回った。

しかし何もなく、冷蔵庫から冷えた烏龍茶《ウーロンちゃ》を出し、ようやくテーブルの前の座椅子に座った。すると、そのテーブルの上に、証拠が置かれていたのである。

「うわ……！」

灯台もと暗しと言うが、こんなに目立つ場所に見慣れないものがあったのだ。

それは、名刺である。

「ウラシマ機関、マリー竜崎《りゅうざき》……？」

声に出して読み、裏返してみても何のメッセージもなかった。住所が書かれており、それは湘南《しょうなん》だった。電話番号が書かれていたので、少し不安だったが、圭一は携帯電話を取り出した。

すると、同時に呼び出し音が鳴ったのだ。

「わあ！」

圭一は驚いて声を上げ、慌てて着信番号を見ると、まさに、今かけようとしていた番号だった。

深呼吸して落ち着こうと努め、ようやく彼は受話ボタンを押して電話に出た。

「も、もしもし……」

「もう、私の名刺は見たわね？」

女性の軽やかな声が聞こえてきた。親しみの籠もった声音に少し緊張は解けたが、まだ安心は出来ない。何かのセールスかもしれない。

「あなたが、マリーさん……？」

「そうよ。これから伺わせていただくわ。重要なお話があるの」

「こ、困ります。僕は余分な金なんかないし、受験生で忙しいし、だいいち勝手に部屋に入るなんて犯罪じゃないですか……」

「ごめんなさい。河津圭一さんの本人確認を急いでいたものだから。決して悪い話ではないわ。ではのちほど」

マリーはそう言って電話を切ってしまった。

「わあ、どうしよう……」

圭一は立ち上がり、部屋の中をウロウロした。そしてトイレに入って小用を足し、ついでに便器の掃除をした。何しろろくに掃除していないし、これから女性が来るのだ。

だが、考えてみれば留守中に入られたのだから、もう汚いトイレは見られているかもしれないではないか。

水を流してテーブルに戻ると、すぐにドアがノックされ、ロックしてあったはずなのにガチャリと開けられてしまった。

「うわあ……！」

入ってきた長身の女性を見て、思わず圭一は悲鳴を上げた。

「まあ、そんなに怖いかしら。私がマリー竜崎です」

彼女は勝手に上がり込み、握手を求めてきた。

「え、ええ……」

圭一は、すっかり相手のペースにはまり、手を握った。ひんやりした、柔らかな感触だ。

彼が驚いたのは、ロックが解除されたこと以上に、あまりに彼女が美しかったからだ。身長は百八十近いのではないか。栗色の長い髪に切れ長の眼差《まなざ》し、鼻筋が通っていて、胸の谷間が大胆だ。黒い衣装で、何やら美しく妖しい魔女のようだが、実に巨乳である。

年齢は、三十代半ば過ぎ。四十にはなっていないだろう。

名前からして、ハーフだろうか。モデルでもしているような感じである。

そしてふんわりと、さっき嗅いだ甘い匂いが漂った。

「さあ、お話は場所を変えてからにしましょう。必要なものだけ持って」

言われて、圭一は操《あやつ》られるようにフラフラと、シャツの上から秋物の薄いブルゾンを羽織った。必要なものは携帯と財布だけである。もっとも給料前だから、財布の中には数千円しか入っていなかった。

彼女と一緒にアパートを出ると、路地裏に車が停《と》まっていた。黒塗りの高級車には違いないが、全く車に興味がないので車種は分からない。

助手席に乗り込むと、マリーが運転席に座ってエンジンをかけた。

「どこへ行くんです……？」

「まずは、銀座《ぎんざ》。服や靴を買いましょう。これをあげるわ」

マリーが言い、彼に一枚のカードを渡してきた。

受け取ると、それは蒔絵《まきえ》のような鶴と亀の絵柄が描かれていた。裏返すと、ウラシマ機関、河津圭一と印刷され、住所はさっき見たマリーと同じ湘南のものだった。

「どういうことです……。もう僕の名前が印刷されているなんて……」

「そのカードは万能よ」

彼の質問には答えず、マリーが車をスタートさせながら言った。

「どのホテルでも、それを見せれば泊まれるし、買物も自由。どの銀行からもお金が出せるわ。生年月日が暗証番号、1313ね」

圭一は、平成元年三月十三日生まれだ。

「僕に、何をさせようと言うんです……」

圭一は嘆息し、とにかくカードをポケットにしまった。

「来年の春まで、ウラシマ機関で働いてほしいの。その代わり、春にはどこの大学でも入れるし、卒業後は好きな会社に就職できる。もちろん勤めに出ずに、小説を書くのも自由。そのカードでお金は引き出し放題だから」

「ど、どこの大学でもって、東大でも……？」

「ええ、無試験で入れるわ」

「そ、そんな……」

東大入学など、圭一が十回生まれ変わっても無理だろう。

「東大なんか入っても、みんなについていけないし……」

「勉強なんかしなくてもいいでしょう。受験勉強で頭を使い果たし、ろくに講義など受けない子は山ほどいるわ」

「どうして、僕なんかがそんなに恵まれるんです。何か仕事させるなら、他に優秀な男がいっぱい……」

「あなたでないと出来ないことがあるから。とにかく、半年足らずの間だけれど力になってほしいのよ」

「ドッキリじゃないでしょうね……。でも、本当に、僕だけに出来る仕事があるのなら……」

圭一は言った。どうせカードに自分の名まで印刷されているのだ。ましてアパートに入られ、合い鍵まで作られているのだから、すでに決定済みのようなものなのだろう。

自分の意思が無視されているようなのが少々引っ掛かるが、それが気にならなくなるほどマリーは美しく、次第に彼は詳しい話を聞く気になっていった。

「嬉しいわ。じゃアパートの引き払いとバイトの解約も、こちらに任せてもらっていいわね」

「え……？　もうすぐ給料なのに……」

「お金は、そのカードでいくらでも出せるわ。アパートの中の荷物も処分して構わないわね？　携帯以外、特に大切なものもないでしょう」

「そ、そんな……」

確かに、アパートには思い出になるような写真や日記、手紙などもないが、食器や参考書類、冷蔵庫などは惜しい気がした。

やがて車は高速に入り、素晴らしい加速で銀座を目指して走った。

2

「じゃ、あのカードで買物をしましょう」

帝国ホテルの駐車場に車を停めると、マリーは彼を誘って買物に出た。

夜遅くても、開いている店は多かった。

「この店にしましょう」

マリーが言い、一軒の高級洋品店に入った。長身の美女と、みすぼらしい若者の取り合わせに、初老の店員が不審げな目を向けた。

「そろそろ閉店なのですが」

「あの、買物したいのですが、これで……」

　圭一が恐る恐るカードを見せると、

「こ、これは、大変失礼いたしました。どうぞこちらへ」

　店員は弾かれたように直立し、深々とお辞儀をして言った。しかし彼よりも圭一の方が、カードの効果に驚いていた。

　銀座あたりの高級店では、このカードのことは知れ渡っているのだろうか。

　二人とも驚いている様子に、マリーが苦笑して前に出て言った。

「全部買い揃えたいのです。いま着ているものは捨ててくださいね」

「畏《かしこ》まりました」

　恭《うやうや》しく奥へと導かれ、あとはマリーが一つ一つ選んでくれた。しかもスーツ上下にネクタイ、シャツばかりでなく、下着や靴、靴下からハンカチまで全て新品にしてくれたのである。

「よく似合うわ」

　全て着せ替えられ、財布と携帯とカードだけ新たな服のポケットに移し替えると、やがて圭一はマリーと一緒に店を出た。

そして帝国ホテルに戻った後、圭一は最上階にある豪華な部屋に迎え入れられた。

「さあ、まだ眠くはないわね」

「ええ。夕方からのバイトのため、昼間寝ていたから大丈夫です」

「おなかも空いてない？」

「はい。居酒屋で夕食が出ましたから」

「ならばお話をしましょう」

差し向かいのソファに座り、マリーが話しはじめた。

「ウラシマ機関というのは、大昔からある特殊な組織で、いつの時代でも政府の陰で働いてきたの」

「大昔って、浦島太郎《うらしまたろう》の頃から……？」

「そう。この組織の、選ばれたものだけが乙姫《オトヒメ》に会えるの」

「お、乙姫って……？」

「日本最大の、コンピュータの名前。それは江ノ島《えしま》の地下に安置されているわ」

「え、江ノ島って……、じゃ、あのカードの住所は……」

「そうよ」

「どうして、政府と密着しているのに東京じゃなく江ノ島なんかに……」

「それは、江ノ島が日本の、いえ、世界の中心だから」

「そ、そんなバカな……」

圭一が笑って言うと、マリーは立って、バッグから何かを取り出して戻ってきた。それは大きな紙で、彼女はテーブルに広げていった。

古い紙に、毛筆で絵が描かれている。

「これは、世界地図ですね……。あれ、でも何か変だ。アフリカの右横にオーストラリアが……」

「そう、これは日本地図よ」

マリーが言い、指して説明をはじめる。

「アフリカは九州、オーストラリアは四国、ユーラシアと北アメリカが横長の本州で、南アメリカが北海道。つまり日本は世界の雛形《ひながた》なの」

「なんか、こじつけみたいな……」

「これを世界地図と見るなら、日本はここ。しかし日本地図と見るなら、日本は江ノ島の位置」

「ふうん……」

不思議なもので、見ていると世界地図にも日本地図にも見えてくる。

「私は、アメリカ生まれの東京育ち、つまり本州。圭一君は北海道。残る二人、四国と九州出身の二人の女性が揃ったところで、今回のプロジェクトが開始されるの」

「あと、二人の女性……？　プロジェクトって、一体……」

「圭一君には、その二人の女性とセックスしてもらうわ」

「ええっ……？」

圭一は目を丸くした。

「そして、その女性たちが君の子を宿し、それぞれに男の子と女の子が生まれるの。さらに未来、その二人の子がセックスをして、生まれた子が日本を、いいえ、世界を救う人となるのよ」

「い、異母兄妹じゃないですか……」

圭一は言ったが、それにはマリーは答えなかった。

「日本も地球も、滅亡の危機に瀕《ひん》しているわ。それを救うのは、あなたの孫。これは乙姫が割り出した正確なデータなの」

「ぼ、僕は何も出来ない男で、先祖代々平凡な遺伝子しかないはず……」

「表立った才能だけが全てではないわ。ヒーローや救世主とは、えてして名もない人の中から突然に現れるものよ」

マリーが重々しく言った。どうやら冗談ではないらしい。

とにかく圭一は驚きながらも、セックスが出来るというだけで乗り気になってきた。どんなに大変な仕事かと思っていたが、それをして今後もカードで優雅な生活が出来るなら願ってもないことではないか。

「その、四国と九州出身の女性たちは、子が産めるんだから年寄りじゃないですよね？」

「ええ、データでは十八歳と二十一歳」

「やります！」

圭一は元気よく答えていた。

「頼もしいわね。嬉しいわ」

「ええ、それはもう、日本と世界のためですから」

「でも、生まれた子や、さらには孫とも、君は会うことは出来ないわよ。それはウラシマが管理することになっているから」

「ええ、孫もへったくれもないです。地球が救われるのならば」

言いながら圭一は、ふと、急な不安に襲われてきた。

「どうしたの?」

「その、二人が僕のことを嫌ったりとか……」

「そうよ。だから自分の力で、明日からあなたは二人に接触をし、説得して江ノ島の基地へ連れてきてほしいの」

「マリーさんは、手伝ってはくれないのですか……」

「私は基地で待機しているから、君は自分の魅力で、二人を連れてくるのよ」

「大丈夫だろうか……」

「二人のうち、一人は簡単だと思うわ。厄介《やっかい》なのは、もう一人……」

マリーが何やら意味ありげに言った。すでに二人のデータも揃っているから、何らかの懸案《けんあん》事項があるのだろう。

「厄介とは、どういうことです?」

「それは、アタックしてから自分で判断して。明朝、二人のデータを渡すわ」

「わかりました……」

「まだ何か不安?」

「ええ……、その、僕はまだ女性に触れたことがないから……」

「そうだったわね」

圭一が言うと、それも調べがついていたようで、マリーもすぐに頷いた。

「じゃ、シャワーを浴びてきて。今夜は、私を好きにさせてあげるから」

「うわ……」

言われて、圭一はまた目を丸くした。驚きの連続だが、たちまちペニスは早い反応を示しはじめていた。

「さあ早く」

「は、はい……」

促《うなが》され、圭一は席を立ってバスルームへと向かった。

全く、目まぐるしく日常が流れていき、頭がついていかなかった。洗面所の大きな鏡の中に、戸惑いに情けない表情になった自分の顔があった。しかし着ているのはさきほど買った高級スーツだから、夢ではないのだ。

とにかく、あんな美しいハーフの巨乳美女と初体験が出来るのだ。ペニスだけは自分の役目を分かっていて、すでにピンピンに勃起《ぼっき》している。

新品の服を脱いで全裸になり、彼はバスルームに入った。

コックをひねり、シャワーの湯を出す。

「あちちち……！」

熱湯に驚いて床で滑り、バスタブのふちに向こう脛《ずね》を嫌《いや》と言うほどぶつけた。

「いてててて……！」

緊張と興奮で、大変な騒ぎである。それでもとにかくボディソープで全身を洗った。腋《わき》と股間《こかん》は念入りにこすり、さらに歯も磨き、さっぱりしてバスルームを出たのだった。

身体を拭き、バスタオルを腰に巻いて部屋に戻ると、照明が薄暗くなっていて、すでにマリーは服を脱いでベッドに横たわっていた。

3

「いいわ、来て……」

マリーが招いて言った。圭一はベッドに迫り、腰のバスタオルを取り去りながら、そっと布団をめくった。

彼女は一糸まとわぬ姿になっており、何とも見事なプロポーションが余すところなく目に飛び込んできた。色白で、はち切れそうな巨乳、ウエストのくびれが腰の豊満なラインを強調し、脚はすらりと長かった。そして股間には、髪と同じ栗色の茂みが楚々《そそ》と煙っていた。

同時に、生ぬるく甘ったるい芳香がふんわりと揺らめいてきた。これは、どうやら香水ではなく、彼女本来のフェロモンなのだろう。

「あえて、シャワーは浴びないわ。女のナマの匂いを知るのも勉強よ」

「え、ええ……、僕も、その方がいいです……」

マリーに言われ、圭一は嬉々として頷《うなず》いた。何しろ、まだファーストキスさえ知らない無垢《むく》だから、女体への憧れが強く、特に濃厚なフェロモンを味わってみたい願望があったのだ。

圭一は緊張しながら、そっと彼女の隣に寝た。そして少しためらいながらも行動を起こし、彼女の腕をくぐり抜け、甘えるように腕枕してもらった。

目の前に、白く豊かな膨らみがある。乳首《ちくび》と乳輪《にゅううん》の色合いは淡く、スベスベの腋の下からはミルクに似た甘ったるい芳香が漂っていた。

「さあ、いいのよ。何でも好きにして」

「あの、よく分からないので、マリーさんが手ほどきして……」

圭一はフェロモンに酔いしれながら、声を震わせて言った。

しかし、彼女は首を横に振った。

「ダメよ。自分がリードしなさい。明日から二人を説得するのだから、受け身ではいけないわ。その代わり、何をしてもいいし、要求すればどんなことでもしてあげるから」

マリーが言う。

（どんなことでも……？　じゃ目の前でオシッコしろとか、お尻で縦笛《たてぶえ》を吹けとか言っても、してくれるんだろうか……）

圭一は思ったが、考えるだけで時間が経つのは勿体《もったい》ないから、とにかく勇気を出して身を起こし、まずは彼女の唇を求めていった。

マリーは薄化粧で、長い睫毛《まつげ》を半分閉じて薄目で彼を見上げていた。赤くヌメヌメと光沢ある唇は、何とも形良かった。

ピッタリと重ねていくと、お化粧の匂いに混じり、うっすらとした甘い息の匂いが鼻腔《びこう》を刺激してきた。

ファーストキスの柔らかな感触に感激し、圭一はそろそろと舌を伸ばし、彼女の唇の内側を舐め、白く光沢のある歯並びを舌先で左右にたどった。

すると彼女の前歯が開かれ、さらに濃く甘い匂いを漂わせながら、迎えるようにマリーの舌が触れてきた。

幕は上がった。主役は、お前だ――
犯人に告ぐ
豊川悦司
石橋凌、小澤征悦、笹野高史、片岡礼子、井川遥、松田美由紀
監督：瀧本智行　原作：雫井脩介
全国民が観客の【劇場型捜査】始動！
傑作ベストセラー小説、待望の映画化！
配給：ショウゲート　WOWOW FILMS第1弾　©2007「犯人に告ぐ」製作委員会
www.hannin.jp
特別割引券
本券をご持参の方は、当日窓口料金より下記料金を割引致します。
一般　200円引
学生　100円引
●1枚につき4名様まで有効　●本券は上映期間中、全国の上映劇場で有効（一部劇場を除く）
●レディースデイ、夫婦50割引、シニア優待など他の割引・サービスデーとの併用はできません
●全国順次ロードショーにつき、上映劇場、上映期間、時間等は新聞広告、HP他でご確認ください
【東京】シネマスクエアとうきゅう　【大阪】テアトル梅田　他
10月より全国順次公開

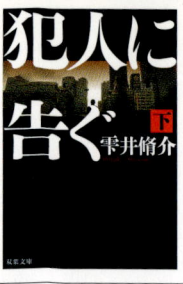

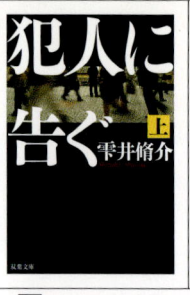

舐め回すと、実に柔らかく滑らかな舌触りだった。生温かくトロリとした唾液は、うっすらと甘味を帯びているようだ。

圭一は舌を潜り込ませ、美女の口の中を舐め回しながら、そっと巨乳に手のひらを這わせていった。

「ンン……」

彼女が小さく鼻を鳴らし、差し入れた彼の舌にチュッと強く吸いついてきた。

やがて圭一は、ハーフ美女の甘い唾液と吐息に酔いしれ、ようやく口を離した。そして白い首筋を舐め下りて膨らみをたどり、色づいた乳首を含んで舌で転がしはじめた。

「ああ……」

マリーが、小さく声を洩らした。素性《すじよう》の分からない謎の美女だが、童貞《どうてい》の稚拙《ちせつ》な愛撫でも感じるほど感度は良いらしい。いや、あるいは圭一を奮い立たせるための演技なのだろうか。

圭一は次第に夢中で吸いつき、胸元と腋の匂いにうっとりしながら、もう片方の乳首も含んでいった。

舌で弾くように舐めると、乳首はコリコリと勃起してきた。

左右の乳首を心ゆくまで味わうと、さらに彼はマリーの腕を差し上げ、ジットリ汗ばんだ腋の下にも顔を埋め込んでいった。

湿った窪《くぼ》みに鼻を埋め込んで深呼吸すると、甘ったるいミルク臭が馥郁《ふくいく》と胸に染み込んでいった。

「何て、いい匂い……」

思わず圭一が言うと、

「汗臭いのは嫌じゃないの？　いい子ね……」

マリーが小さく言った。

圭一は次第に度胸がつき、好き勝手に振舞えるようになってきた。腋から脇腹を舐め下り、再び中心に戻り、形良いお臍《へそ》にも舌を差し入れてクチュクチュ蠢《うごめ》かせた。

腹部はピンと張りつめ、心地よい弾力に満ちていた。

骨がないから頬を当てると柔らかな感触が伝わり、耳を当てると微《かす》かな腸の蠕《ぜん》動《どう》も聞こえた。こんなマネキンのような美女でも、ちゃんと内臓があって消化していることが分かった。

そして腰骨の方へとそれ、ムッチリと張りのある内腿へと舐め下りていった。

本当は早く真下の股間へ行きたいが、まだまだ味わっておきたい部分があるから、憧れの女性器は最後に取っておくことにした。

膝《ひざ》から脛《すね》へと舐め下りても、舌触りはどこもスベスベだった。

足の裏まで、大丈夫だろうか。圭一は、好きにしていいと言われつつ、こうして順々に味わっていることが気恥ずかしくてならないのである。また、変態と思われないだろうかと心配だったが、マリーはじっと目を閉じてされるがままになっていた。

やがて圭一は彼女の足首を摑《つか》んで浮かせ、足の裏に鼻と口を押し当てた。

土踏まずに舌を這わせると、あまり味はなく生温かな感触があるだけだった。

しかし指の間に鼻を潜り込ませると、ほんのりと汗と脂《あぶら》で湿り気を帯び、微かに酸性のフェロモンが感じられた。

爪先をしゃぶり、順々に指の間に舌を割り込ませていくと、うっすらとしょっぱい味があった。

味わい尽くし、彼はもう片方の足も、味と匂いが消え去るまで貪《むさぼ》った。

マリーは、たまに息を詰めてピクリと足を震わせた。

「あ、あの、どうかうつ伏せに……」

「いいわ、こう？」

言うと、すぐにマリーが寝返りを打ち、腹這いになってくれた。

彼は踵《かかと》を舐め、アキレス腱から脹脛《ふくらはぎ》を味わった。そして軽く歯を当てると、何とも心地よい弾力が伝わってきた。

「いいのよ、本気で嚙んで歯型をつけても、血を流しても。大切な救世主の祖父なのだから」

マリーが顔を伏せたまま言う。

十八歳の自分が祖父と言われてもピンと来ないが、嚙めるのは嬉しかった。

圭一は張りのある太腿に歯を立て、さらにお尻の膨らみにも嚙みついて、モグモグと熟《う》れ肌の感触を味わった。

しかし、もちろん深く歯型が印されるほど嚙むことは出来なかった。

腰から背中を舐めると、うっすらと汗の味がした。

ミルク色の肌はどこもツルツルで、彼は肩まで舐めてから栗色の髪に顔を埋めて甘い匂いを嗅ぎ、さらに耳の後ろまで嗅いだり舐めたりしてから、再び背中を舐め下りていった。

そしてうつ伏せのマリーの脚を開かせ、その間に腹這いになりながら、圭一は両手で白く豊満なお尻の谷間をムッチリと広げた。

奥には、ややグレイがかった淡いピンクのツボミが、ひっそりと閉じられていた。襞《ひだ》も綺麗に揃い、何と素晴らしいものだろうと圭一は思った。

鼻を埋め込んで嗅ぐと、残念ながら淡い汗の匂いが感じられただけで、刺激臭はなかった。無理もない。マリーの生活では、常に洗浄器付きのトイレで用を足しているのだろう。

舌を伸ばし、ツボミを舐め回した。微かな収縮が伝わり、充分に濡らしてから舌先を押し込むと、ヌルッとした内部の滑らかな粘膜に触れた。

顔中にひんやりした柔らかな双丘が密着して弾み、鼻が谷間にフィットした。

味も匂いもほんの微かだが、ハーフ美女の肛門に舌を入れているというだけで、圭一は限りない幸福感と感激に包まれた。

舌を出し入れさせるように動かしていると、やがて真下の方から何とも悩ましいフェロモンが立ち昇り、彼も我慢できなくなってきた。

「どうか、また仰向けに……」

顔を上げ、興奮を抑えながら言うと、すぐにマリーも再びゴロリと仰向けになった。そして股間に陣取っている彼の顔の前で大股開きになって、惜しげもなく神秘の中心を露《あらわ》にしてくれた。

4

圭一は、思わずゴクリと生唾を飲み、初めて見る女性器に目を凝らした。

もちろん今まで、友人から回ってきた裏DVDぐらいは見たことはあるが、それらは全て男女のカラミであり、陰唇を広げたアップなどは少なかったのだ。

色白の肌が下腹から股間へと続き、そこでふっくらとした丘になっていた。

栗色の茂みはふんわりと煙るようで、手入れしているのか、もともと薄いのか、ほんのひとつまみほどしかなかった。

ワレメは凸《とつ》レンズの断面型で、間からはツヤツヤした綺麗なピンクの花弁がはみ出していた。

(うわ、何て色っぽい……)

指を当て、そっと陰唇を左右に開くと、中身が丸見えになった。

下の方では、細かな襞の入り組む膣口が息づき、柔肉はヌメヌメとした蜜に潤っていた。

膣口の少し上にある、ポツンとした小穴が尿道口だろう。そしてワレメ上部には小指の先ほどの包皮の出っ張りがあり、その下からは真珠色の光沢のあるクリトリスが顔を覗かせていた。よく見るとペニスの亀頭に似ていて、それが包皮の頭巾《ずきん》でもかぶっているようだ。

白く滑らかな内腿に挟まれた股間全体には、生ぬるい熱気と湿り気が籠もり、悩ましい大人の女のフェロモンを含んで彼を誘っていた。

圭一は吸い寄せられるように、茂みの丘にギュッと鼻を埋め込んだ。

柔らかな感触が伝わり、鼻をこすりつけて恥毛の隅々を嗅ぐと、甘ったるい汗の匂いに混じり、微かに刺激的な残尿臭も鼻腔を掻き回してきた。

(これが、大人の女の匂いなんだ……！)

圭一は感激に息を震わせ、何度も鼻を押しつけて深呼吸しては、マリーのフェロモンで馥郁《ふくいく》と胸を満たした。

そして舌を差し入れ、膣口の回りの細かな襞をクチュクチュと掻き回し、ゆっくりとクリトリスまで舐め上げていった。

「アアッ……！」

マリーがビクッと顔をのけぞらせて喘《あえ》いだ。

次第にヌラヌラと溢れてくる蜜が、適度な粘り気を持ってネットリと舌を濡らしてきた。蜜は、淡い酸味が感じられた。

やはり、秘密機関の熟れた美女でもクリトリスは最も感じるのだろう。圭一は執拗《しつよう》に舌先を突起に集中させては、新たに溢れた蜜をすすった。

やがて味と匂いを充分に堪能してから、圭一は舌を引っ込め、そろそろと身を起こしていった。

(大丈夫かな……。何をしてもいいというのだから……)

圭一は、少し迷いながらも、激しく突き立ったペニスを構え、先端を彼女の鼻先に近づけていった。

「あの、これを濡らして……」

言いながら亀頭を唇に押しつけると、すぐにマリーは顔を上げ、舌を伸ばしてきてくれた。

「ああ……」

圭一は激しい快感に喘いだ。マリーの舌が張りつめた亀頭全体を舐め、舌先が尿道口から滲《にじ》む粘液を、チロチロと小刻みに舐め取ってくれた。さらに丸く開いた口で、スッポリと喉の奥まで呑み込んでいったのだ。

何という心地よさだろう。美女の口の中は温かく濡れ、内部では舌がクチュクチュと蠢《うごめ》いていた。たちまちペニス全体は、マリーの清らかな唾液にどっぷりと浸り込んだ。

そしてペニスに感じる快感以上に、これほどの美女にしゃぶられているという事実が心の奥にまで染み渡ってきた。

昨日まで、自分の初体験はいつだろうと思いを馳せていたが、まさかハーフの巨乳美女、しかも謎のエージェントと行うとは夢にも思っていなかった。

マリーは熱い息で彼の恥毛をそよがせ、上気した頬をすぼめて強く吸いついてきた。

「く……、も、もういいです……」

このままでは、あっという間に果てて、彼女の口に漏らしてしまうだろう。それも魅力ではあるが、やはり初体験の射精は正規の結合を行いたかった。

腰を引くと、マリーもすぐにチュパッと軽やかに口を離してくれた。

(これも、大丈夫だろうか……)

絶頂寸前で間に合い、ほっとした圭一は、今度は彼女の顔を跨《また》ぐようにして陰《いん》嚢《のう》を彼女の口に押し当ててみた。

「ンン……」

マリーは、顔を跨がれても気分を害したふうもなく、すぐに熱く鼻を鳴らし、袋にしゃぶりついてきてくれた。二つの睾丸《こうがん》を舌で転がし、陰嚢全体を温かな唾液にまみれさせた。

さらに圭一は股間を移動させ、尻の谷間を彼女の口に押し当ててみた。

何をしてもいいと言われているし、それに自分はシャワーを浴びた直後だから構わないだろう。

するとマリーは、またためらいもなく彼の肛門にチロチロと舌を這わせ、熱い息を真下から吐きかけながら、舌先をヌルッと潜り込ませてくれた。

「あう」

何という、申し訳ないような快感と感激だろう。

圭一はすっかり高まり、やがて彼女の顔の上から股間を引き離し、いよいよマリーの股間に身を進ませていった。

彼女の唾液に濡れた先端を、大量の愛液にまみれたワレメに押し当て、膣口を探るようにこすりつけた。するとマリーも僅かに腰を浮かせ、位置を定めて誘導してくれた。

圭一がグイッと腰を進めると、亀頭がヌルッと潜り込んだ。すると、あとは滑《なめ》らかにヌルヌルッと吸い込まれていった。

「アアーッ……！　いいわ……」

マリーが顔をのけぞらせて喘いだ。

圭一は、息を詰めて暴発を堪《こら》えながら、何とか根元まで深々と押し込んだ。何しろ肉襞《にくひだ》の摩擦《まさつ》が心地よくペニス全体をこすり、それは思ってもいなかった大きな快感だったのだ。

股間を密着させると、マリーが両手を伸ばして抱き寄せてきたので、彼は引き抜けないよう押しつけながら、ゆっくりと両脚を伸ばして肌を重ねていった。

胸の下で巨乳が柔らかく弾み、彼女特有の甘ったるいフェロモンが立ち昇ってきた。

圭一は温もりと感触を味わいながら、初体験の感激に包まれた。

動かなくても、マリーの膣内はキュッキュッと収縮し、まるで彼の全身までも吸い込んでいくようだった。

「いいのよ。我慢しないで、好きなときに出して……」

マリーが下から甘い息で囁き、ズンズンと股間を突き上げてきてくれた。

それに合わせ、圭一も腰を前後させ、溶けてしまいそうに心地よい摩擦快感に全身を包まれていった。

「ああッ……！　い、いっちゃう……」

たちまち圭一は口走り、大きな快感の嵐に巻き込まれてしまった。それは、オナニーの何百倍もの快感である。

彼は股間をぶつけるように律動し、熱い大量のザーメンを、ドクンドクンと勢いよく美女の柔肉《やわにく》の奥へとほとばしらせた。

「アア……、いく、気持ちいい……！」

マリーも身を弓なりにさせ、ガクガクと狂おしい痙攣《けいれん》を開始した。演技ではなく、同時に膣内の収縮と蠢動《しゅんどう》が活発になり、ときに呼吸まで止まりながら彼女は全身を波打たせた。

(彼女も、いっている……)

それは大変な感激で、圭一はダメ押しの快感の渦の中、最後の一滴まで心おきなく出し尽くしたのだった。謎の彼女は、相手のオルガスムスに合わせ、自分も同時に昇り詰めることができるのかもしれない。

やがて動きを止め、圭一はマリーに体重を預け、熱く甘い吐息を間近に嗅ぎながら、うっとりと快感の余韻《よいん》に浸《ひた》るのだった。

そして重なったまま呼吸を整え、ようやくノロノロと股間を引き離し、力尽きたようにゴロリと添い寝していった。

「どうだった？　これからも相手をリードして出来るわね？　二人の女性は処女なのだから」

「え……？」

マリーの言葉に驚きながらも、圭一は気後《きおく》れよりも、俄然《がぜん》やる気が湧いてきたのだった。

そして今夜は、精神的にも疲れたので、これで眠らせてもらうことにした。本当なら続けて三回は射精できるのだが、何しろ美女との初体験の感激が大きいので、今夜はとことん耽溺《たんでき》するよりも、この余韻の中で休みたかったのだ。

マリーもそのまま腕枕してくれ、彼が眠るまで甘い匂いで包んでくれていた。

5

（うわ……、寝過ごしたか……）

目が覚めたとき、圭一は室内の様子で、自分の安アパートでないことを思い出した。

隣にマリーの姿はなく、脱いだ服もソファになかった。

枕元に置いた携帯の時計を見ると、午前十時過ぎだ。ずいぶん眠ってしまったようだ。

チェックアウトが、十時なのか十一時なのか分からなかったが、あのカードがあれば、いくら居続けてもいいのかもしれない。

とにかく顔を洗い、シャワーを浴びた。そしてバスローブを羽織って出てくるとチャイムが鳴った。ドアを開けると、従業員が食事を持ってきて立っていた。

ブランチということになるのだろう。

「マリーさんは？」

「いいえ、伺っておりませんが」

男の従業員はそう答え、食事のセットをすると出て行った。

圭一は、テレビのニュースを見ながら食事をした。トーストにジャム、サラダにハムエッグ、野菜ジュースにコーヒーもある。

そして食事を終えてワゴンを廊下に出していると、ちょうどそこへマリーが戻ってきた。

「お早《はよ》う。これを買ってきたわ」

マリーが言い、紙袋からいろいろ取り出した。新しいトランクスと靴下。腕時計と札入れだ。今までの財布が小銭入れのようなもので、カードを入れる場所がなかったので有難《ありがた》かった。しかもご丁寧《ていねい》に、札入れにはすでに一万円札で二十万ばかりが入れられている。

「こんな高級な時計なんか、必要ないのに」

「いいのよ。さあ、出かけるから着替えて」

言われて、圭一は新しい下着と靴下を穿き、スーツに身を包んだ。ゆっくり寝て体力も甦《よみがえ》っているから、本当ならもう一度マリーとセックスしたかったが、今日はやることがあるのだ。

帝国ホテルを出て、圭一はまたマリーの運転で移動した。

「どこへ？」

「本郷《ほんごう》の東都《とうと》大学。そこに、九州出身の女性がいるから」

「東大の学生ですか……」

圭一が言うと、マリーはハンドルを操りながら一枚の書類を差し出してきた。

「長尾《ながお》巳沙《みさ》、二十一歳。宮崎県出身、東都大学四年生で文学部、歴史文化学科の日本史専攻……」

圭一は名前を記憶したが、顔写真は貼られていない。

やがて車は本郷に入り、大学近くのコンビニの駐車場に停まった。

「さあ、あとは自分一人で彼女に接触して、江ノ島へ連れてきてね。たぶん彼女はすんなりいくから、今日中には来られるはずよ。そうしたら、二人目のデータを渡すわ」

マリーは、彼を見送るように車を降りて言った。

圭一は頷き、緊張しながら東大方面へ歩き出そうとした。するとそのとき、

「よう、お姉さん。一緒に付き合ってくれない？」

背後で声がしたので振り返ると、三人の若い男たちがマリーを取り囲んで下卑《げび》た笑みを浮かべていた。

誰が見ても東大生ではない、見るからに知性と気品が微塵《みじん》も感じられない、そこらの暴走族かチンピラである。これほどの美女に臆面《おくめん》もなく話しかけられるというのは、やはり頭が悪い証拠だった。

マリーは無視して車に戻ろうとしたが、一人がいち早くドアの前に立ちふさがっていた。

「どいて。身分をわきまえなさい、虫けら」

マリーが無表情に言うと、三人が顔を真っ赤にした。

「な、なんだとう、この女……！」

一人が怒鳴《どな》ってマリーに摑みかかろうとした。圭一は驚いて駆け戻ったが、もとより喧嘩《けんか》の自信などはない。

「ふぐっ……！」

しかし、ドアの前に立っていた男が、いきなり奇声を発してうずくまった。どうやらマリーが股間を蹴上《けあ》げたらしい。やはりエージェントとして、格闘技はひととおりの技術を身につけているのだろう。

「て、てめえ……！」

他の二人も摑みかかってきたが、マリーは一瞬にしてパンプスの爪先をそれぞれの股間にめり込ませていた。

「げっ……！」

「ぐおお……！」

二人も声を洩らしながら地面に倒れ、胎児のように身体を丸めていった。

さらにマリーは、三人の股間を順々に踏みつけ、完全にペニスと睾丸《こうがん》を粉砕していった。

「お前たちの子孫は、この日本には要《い》らないわ」

マリーは言い、颯爽《さっそう》と車に乗り込んだ。三人は白目を剝いて泡を吹き、股間を赤黒い血で染めていた。

彼女はエンジンをかけ、ちらと圭一に手を振ってから車をスタートさせた。その拍子に、倒れている二人ばかりの足を構わず轢《ひ》いていった。

「わあ、痛そうだな……」

マリーの車が遠ざかると、圭一は息も絶えだえになって失神している三人を見下ろして呟《つぶや》いた。まあ、どうせゴミたちだから構わないだろう。そのまま東大へ向かおうとすると、

「待て、止まれ……！」

また背後から声をかけられた。見ると、パトカーから降りてきた二人の警官である。誰かが通報したのだろう。あるいは、到着が早すぎるので、三人はさっきのコンビニでトラブルでも起こしていたのかもしれない。

「こ、これはお前がやったのか……」

警官は、痙攣《けいれん》している三人を見て驚きながら言った。

「いいえ、僕が通りかかったときには、もうこうなってましたが」

「いいや、他に誰もいない。身分証を」

「免許証も何もないよ。これで分かるかなあ……」

　圭一は、例のカードを取り出して見せた。

「何だこれは、どこの会員カードだ！」

「ま、待て……、これはひょっとして噂の、警視並み……」

　若い警官が怒鳴ったが、年配の方は青ざめて制した。

「ちょ、ちょっと拝借……」

　巡査部長らしい中年の警官がカードを受け取り、パトカーに戻って誰かと連絡していた。

「はい、河津圭一、さんという名で……、ウラシマ機関の……、はッ！　分かりました！」

　彼は声を震わせて通話を切り、足早にこちらへ戻ってきた。

「た、大変失礼いたしました。こいつらは自分たちが片付けておきますので、どうぞ、お行き下さいませ！」

　恭《うやうや》しくカードを返しながら言った。若い巡査は目を白黒させていたが、とにかく圭一はカードをしまい、今度こそ大学の方へと歩きはじめた。

(すごい効果だな……。噂の、ということは、朝礼でカードに関する訓辞《くんじ》でもあるんだろうか……)

圭一は思った。

警視並みとは、警視に並ぶ地位があるということだろうか。

(警視並み、VIP並み……、結局、本物じゃないんだなあ……)

圭一は、明治の初めに函館で戦死した、尊敬する土方歳三《ひじかたとしぞう》を思い出した。土方歳三は陸軍奉行並《なみ》、という地位だったのだ。陸軍奉行はほかにいて、それに並ぶもの、という意味だが、どうしても、上と並、という感覚があるので、あまり響きがカッコ良くない。

後ろを振り返ると、二人の警官が救急車と、さらに応援でも呼んでいるようだった。

そして圭一は、東大の正門に入っていった。

憧れどころか、遥か雲の上のランクにある大学だ。しかし、ここも来年から自分の母校になるかもしれないのである。

「ああ、待って。本学の学生じゃないですね? 何の御用ですか」

また正門脇にある守衛に呼び止められ、圭一はカードを見せることになった。

十八歳なのに、どうにも東大生には見えないようだ。まあ、高級スーツがちぐはぐなのだろう。

「こ、これは……、どうぞ、お入り下さいませ……」

さすがに東大は、守衛にも情報が行き届いているのか、彼はすぐにカードを返してくれ何度も頭を下げた。そして圭一が訊くと、歴史文化学科のある建物も教えてくれたのだった。

第二章　ガリ勉女が美女に変身

1

（え……、まさか、あの女性が、長尾巳沙……？）

圭一は日本史専攻の研究室を訪ね、人に聞いて一番奥の席に座っている女性に近づきながら思った。

長い黒髪を無造作に引っ詰め、度の強そうな黒縁《くろぶち》眼鏡をかけて一心不乱に読書している彼女は、何と紺色のジャージ上下を着て、かなり汚れたスニーカーを履《は》いていた。

近づくにつれ、化粧っ気がないのも分かり、徐々に彼の期待が薄れ、失望感が胸に広がっていった。

二十一歳と聞いたときには有頂天になり、まだ処女とマリーが言ったときには どんなお嬢様だろうかと思ったのに、目の前にいるのは地味で暗そうな、見目麗《みめうるわ》しくない図書委員という感じだったのだ。

　それでも、江ノ島へ連れて行ってセックスしなければならない。それは、カードで良い思いをし、優雅な将来を送るためである。

（一回で妊娠してくれたらいいのだけれど……）

　圭一は思い、彼女に近づいていった。

「あの、長尾巳沙さんですね？　僕はウラシマ機関の河津と言います」

　声をかけると、巳沙は顔を上げ、眼鏡を押し上げながら彼を見た。

「ああ、ウラシマ機関……。何度かメールや電話があったわ。マリー竜崎という女性から」

「ええ、僕はマリーさんの部下、のようなものですが」

「出ましょう」

　巳沙が言って立ち上がり、これまた薄汚れたブルゾンを羽織った。

　案外背が高く、百七十以上。つまり小柄な圭一より目一つ分大きかった。

　そして研究室にいる多くの好奇の視線を掻き分けるようにしながら、二人は部屋を出た。巳沙は気にしていないようだが、案外研究室では特異な存在なのかもしれない。

「それで、用件は？」

巳沙が、大股に歩きながら言った。相当に足が速い。少しでも多く勉強をするため、時間の無駄が嫌いなのかもしれない。それで動きやすいジャージやスニーカーなのだろうか。

「僕と一緒に、ウラシマ機関の基地へ、と言っても湘南の江ノ島ですが、そこへ来て頂きたいのです」

「いいわ。まずは支度をしに私の家へ」

「はい」

あまりにすんなりOKしてくれたので、圭一はほっとした。

「どうせ就職も決めてないし、研究室に残るにしても、あまり皆が良い顔をしていなかったから。受け入れてくれる会社があるなら、どんなところか行ってみる価値はあるわね」

「研究室では、浮いているのですか？」

「みんなバカよ。勉強より、遊ぶことばかり考えて。一生のうち、読める本なんてたかがしれているのに。せいぜい十万冊ぐらいでしょう」

「うわ……、でも、読むだけの一生でいいのですか。それを何かに生かすとか」

「そうね、読んでいるだけでも充実するけど、面白い仕事ならしてもいいわね。で、君、いくつ？　名前は何だっけ」

「はあ、十八です。名前はこういう字です」

圭一はカードを出して名前を見せた。

「河津圭一ね。高卒で就職したの？」

「いえ、浪人で、来年はここに入るかも」

「そう。誰でも入れるでしょう」

いやーな女だ、と圭一は思った。

「鶴と亀で、ウラシマ機関なのね」

「はあ、どういうことです？　亀に乗って竜宮へ行ったのは分かるけど」

「浦島太郎が、お爺さんになったあと鶴になった話は？」

「知りません」

「ふん」

巳沙はあからさまに軽蔑《けいべつ》の眼差しをして、カードを返してきた。

圭一は無言でカードを札入れにしまった。そして並んで歩きながら、彼女の汗の匂いを感じていた。居酒屋の女子バイトの作務衣から漂う、新鮮な汗の匂いではなく、もっと年季が入ったフェロモンだった。それは甘ったるい匂いを通り越し、毒々しい感じさえした。

それでも、男としてもちろん圭一は股間を疼《うず》かせてしまった。それは飢えている男としての、悲しい性《さが》かもしれない。要するに、好みであろうとなかろうと女性なら誰でも良いのだろう。

やがて大学を出ると、そのまま巳沙は徒歩で住宅街に入っていった。そして一軒の瀟洒《しょうしゃ》なハイツに彼を招いた。一階の角部屋《かどべや》である。

「うわあ、何だこれは……」

後から中に入った圭一は、室内の様子に驚いた。見えるものは、全て本の山ばかりだったからである。キッチンも使っていないようで、ほとんどインスタントか冷凍食品で済ませているようだった。辛《かろ》うじて湯が沸かせるガスレンジのスペースと冷蔵庫、電子レンジがあるだけである。

本の山はキッチンにも増殖し、僅かな地震でも崩れそうだった。

それらの間を奥へ進むと、部屋は二間《ふたま》。その全ては本に埋まっていた。壁際にある本棚は、手前に積まれた本のため手が届かない。机もテレビもなく、ベッドだけは窓際に安置されていた。

あとは開けっ放しの押し入れに衣類が入っているだけで、さらにドアが開いたままの洗面所には、洗濯機が見えた。しかし、洗濯も入浴も、あまりしている形跡がない。

汚《お》ギャルではなく、これは愛書家の理想的な空間なのだろうか。本の大部分は歴史書で、他に、たまに文学やミステリーも入っていた。

室内には、黴臭《かびくさ》い本の匂いと、やはり若い女のフェロモンが濃厚に入り混じっていた。

「お風呂には、入ってますか？」

「失礼ね。ちゃんと入っているわ、毎週」

巳沙は言いながら、湘南へ行く服の物色をしているようだ。しかし、シワシワのブラウスやスカートしかない。

「あの、そのジャージで買物に行きましょう。買ったものをすぐに着て、それを捨ててくれれば」

圭一は、自分がしてもらったことを言った。

「まあ、ウラシマ機関が持ってくれるの？」

「ええ、もちろんです。靴も化粧品も、美容院代も出します」

「それは嬉しいわ」

「じゃ、すぐ出ましょう」

圭一は、今にも崩れてきそうな本の山が怖くて、急《せ》かすように言った。

「待って。同行するには、一つ条件があるの」

「何です？」

「君の身体を自由にしたいの」

「ええっ……？」

圭一は驚きに目を丸くした。

「今まで、勉強と読書一筋に生きてきたわ。でも、やはり大人にならないと理解できないことも多くあるし、君を見た途端その気になったの」

「い、いいですとも。江ノ島へ行ったら、そこでいくらでも」

どうせセックスすることになっているのだ。圭一は頷いた。

「いいえ、今すぐここでするのよ。この部屋で、いつか男とするのを夢見ていたのだから」

言いながら、巳沙は黒縁眼鏡を外して置き、束ねていた髪を下ろした。

（うん……？　ひょっとして、美人、かもしれない……）

切れ長の目が現れ、胸まで届く長い髪が案外似合っていた。

そして彼女は、ためらいもなくジャージを脱ぎはじめたのである。

「さあ、君も脱いで。私の言うことを聞かなかったり、気に入らなかったときは同行はお断わりするわ」

言われて、圭一も脱ぎはじめた。手早く上着を脱いでネクタイを外し、シャツとズボンを取り去り、靴下を脱いでトランクス一枚になった。

その間、彼女もてきぱきとジャージ上下と、靴下を脱いだ。ブラとショーツはベージュだ。

圭一は先にベッドに横になってから、最後の一枚を脱いで巳沙の身体を見ていた。シーツにも枕にも、濃厚な女の匂いが染みつき、あまり替えたり干したりしていないのか湿り気も感じられた。もちろん若い女性のものだから、耐えられないことはない。

巳沙は長身だが、ほっそりした肉体で色白だった。

ブラを外すと、マリーとは程遠い貧乳が現れた。

さすがに処女で乳首と乳輪は初々《ういうい》しいピンク色だ。もちろん圭一もマリー一人と、一度しかしていないから、ほとんど童貞と同じである。だから貧乳だろうと何だろうと、若い女性の全裸ということで激しく勃起してきた。

巳沙はショーツも脱ぎ去り、すぐにも彼に添い寝してきた。そして自分より若くて小柄な彼に腕枕し、ギュッと抱きすくめてきた。

2

「ああ、可愛い……。男の子を抱くって、こういう気持ちがするのね……」

巳沙はうっとりと言いながら、濃厚な汗の匂いを揺らめかせた。事前にシャワーを浴びようとか歯を磨こうとか、そういう気は回らないようだ。

マリーの場合は、ナマのフェロモンと言っても毎日入浴して艶《なま》めかしいものだったが、巳沙のはドフェロモンだ。

それでも、圭一は激しく勃起していたのである。実際、悪臭ではないのだ。むしろ悪臭の一歩手前、というギリギリの濃度が激しく官能的に鼻腔を刺激し、何やら無理矢理犯されるような興奮さえ得られるのである。

目の前には、まだ硬い弾力を秘めたような処女の膨らみがあり、しかも腋毛《わきげ》もチラリと見えた。

(うわ……、何だか、色っぽい……)

圭一は、ワイルドな様子にすっかり魅せられてしまった。

と、巳沙が上からのしかかり、荒々しく唇を重ねてきた。柔らかな感触が伝わり、ヌルッと長い舌が侵入してきた。

「ンンッ……！」

巳沙は熱く息を弾ませ、彼の口の中を舐め回した。湿り気ある吐息は濃厚に甘酸っぱい匂いがし、鼻腔を掻き回すような刺激が彼を高まらせた。洗練されたマリーと違い、実に野趣《やしゅ》溢《あふ》れる匂いだ。これも、悪臭と感じる一歩手前なので、激しく官能的な濃度だった。

巳沙の舌は異様に長く、時には彼の喉にまで達するほど伸ばされてきた。同時に生温かな唾液がトロトロと注がれ、圭一は味わうと言うより何度も飲み込むほどの量だった。

舌をからめ、熱い息を嗅ぎながら圭一はすっかり全身の力が脱けてしまった。

その間も、巳沙はじっと切れ長の目で彼の目をじっと見つめているのだ。その目に見られると、まさに蛇に見込まれた蛙のように全身がすくんでしまうようだった。

やっと唇が離れ、唾液が糸を引いて互いの口を結んだ。

しかし巳沙はなおも舌を伸ばしたまま、彼の鼻の穴を舐め、頬から瞼《まぶた》、耳の穴まで念入りに舐め回してきた。愛撫というより、初めて触れる男を隅々まで味わっているようだ。

圭一は顔中ネットリとした唾液にまみれ、甘酸っぱい匂いに包まれた。

「美味《お》しい……、食べてしまいたい……」

巳沙が激しく息を弾ませて囁き、時には軽く彼の耳朶《みみたぶ》や頬に歯を立ててきた。

さらに彼女は首筋を舐め下りた。男でも、首筋はゾクゾクするような快感があった。

そして巳沙は彼の乳首に吸いつき、熱い息で肌をくすぐりながら激しく舌を這わせてきた。

「ああ……」

乳首も感じる部分で、圭一はビクリと震えながら声を洩らした。

「気持ちいいの？　いいわ、もっと声を出しても」

巳沙は囁きながら、もう片方にも濃厚な愛撫を繰り返した。カリッと噛まれるたび、甘美な痛みと快感が股間に響いてくるようだった。

彼女は、圭一がマリーにしたように腋の下にも顔を埋め、男のフェロモンを吸収してから肌を舐め下り、肝心な部分を後回しにして、腰から太腿へと下降していった。

「あっ……、そこは……」

足の裏を舐められ、爪先をしゃぶられると、圭一は思わず言った。

自分がする分にはいいが、される側となると、何やら申し訳ないような気になったのだ。

しかし巳沙は構わず、彼の指の股にヌルッと生温かな舌を割り込ませてきたのだ。実に震えが走るような、温かな泥濘《ぬかるみ》でも踏んでいるような快感である。

さらに驚いたことに、巳沙は彼の爪先全部を含んでモグモグと喉の奥まで呑み込んでいったのである。

まるで蛇のように、顎の骨が外せるのではないだろうか。このままでは爪先が胃に達し、溶かされてしまうような錯覚に陥った。

巳沙は苦しい様子も見せずに彼の足を頬張り、大量の唾液にまみれさせながらもう片方も呑み込んだ。そして全ての指の股にヌラリと舌を潜り込ませてから、ようやく口を離し、脚の内側を舐め上げてきた。

巳沙の顔が徐々に股間に近づき、それにつれて彼も大股開きになっていった。

とうとう彼女の熱い息が股間に吐きかけられてきた。

巳沙は近々《ちかぢか》とペニスを見つめ、そっと指で触れた。幹を撫で、張りつめた亀頭をいじり、尿道口から滲んでいる粘液を指の腹で軽くこすった。

「ふうん、変な形……」

呟《つぶや》き、今度は陰嚢《いんのう》に触れてくる。もちろん知識はあるだろうから、温かな手のひらで包むようにそっといじり、二つの睾丸をコリコリと確認した。

袋をつまんで持ち上げ、肛門の方を覗き込むと、

「ここは女と同じなのね」

巳沙は言い、そのまま彼の両脚を浮かせ、尻の谷間に口を押しつけてきた。

「く……！」

爪先をしゃぶられる以上に意表を衝《つ》かれ、圭一はオシメでも替えるような格好で刺激に呻《うめ》いた。巳沙はチロチロと肛門を舐め、やがてヌルッと長い舌を押し込んできた。

「あうう……」

圭一は、舌に犯される感覚で声を洩らした。

巳沙は構わず、ヌルヌルと奥まで潜り込ませ、熱い息で陰嚢をくすぐった。

肛門を締めつけると、柔らかく滑らかな感触が伝わった。こんな場所で女性の舌を感じるとは、何という贅沢な快感だろうと思った。

やがて内部で蠢かせていた舌が引き抜け、そのまま巳沙は陰嚢をしゃぶりはじめた。

これも、大きく広がる口で袋全体を呑み込み、内部ではクチュクチュと舌が蠢いて睾丸が転がされた。

そして充分に唾液にまみれさせると、口を離してペニスの裏側をゆっくりと舐め上げてきた。長い黒髪がサラリと圭一の股間を覆い、その内部に熱い息が籠もった。

彼女は先端まで舐め、尿道口を舌先でチロチロとしゃぶり、張りつめた亀頭全体を味わってから、丸く開いた口で含み込んでいった。まるで蛇が卵を呑むようである。

「アアッ……」

喉の奥まで呑み込まれ、圭一は快感に喘いだ。先端がヌルッとした喉の奥の肉に触れても、構わず彼女は根元まで含み、熱い息で恥毛をくすぐった。

内部では長い舌がからみつき、たちまちペニス全体は温かな唾液にまみれ、圭一も急激に高まってきた。

「ンン……」

巳沙は小さく鼻を鳴らし、貪《むさぼ》るように顔を上下させ、スポスポと濃厚な摩擦をしてきた。

「あう、出ちゃう、巳沙さん……！」

絶頂を迫らせ、圭一は警告を発したが、彼女は愛撫を止めなかった。

たちまち、オルガスムスの快感が股間から脳天まで突き上がり、圭一はありったけの熱いザーメンを勢いよく噴出させてしまった。

「ク……」

巳沙は喉を直撃されながら呻き、それでも吸引と舌の動きは続けた。そして口に溜まったザーメンを飲み込むたび、口腔《こうこう》がキュッと締まってダメ押しの快感が得られた。

「ああ……」

圭一は最後の一滴まで吸い出され、魂が抜けたようにグッタリと脱力していった。

巳沙も全てを飲み干すと、ようやくチュパッと口を引き離し、濡れている尿道口を丁寧に舐め回してくれた。その刺激に、射精直後の亀頭がヒクヒクと過敏に反応した。

「ふうん、これがザーメンの味なのね。生温かくヌルヌルして気持ち悪い。でも話に聞くとおり、栗《くり》の花に似た匂い……」

巳沙が無感動な表情で感想を述べた。

そして彼女は再び添い寝し、まだ余韻に浸る暇もない圭一の顔を抱き寄せた。

「さあ、私がしたのと同じようにして……」

仰向けで受け身になった巳沙が言い、圭一は懸命に脱力感に堪えながら乳首に吸いついていった。

「アア……」

巳沙は肌を強ばらせ、すぐにも声を洩らしはじめた。

圭一はコリコリと硬くなっている乳首を舌で転がし、優しく吸った。もう片方も充分に吸ったが、もちろん巳沙がしたように嚙みつくようなことはしなかった。

腋の下にも顔を埋めると、淡い腋毛が心地よく鼻をくすぐった。ジットリ汗ばんだ窪みには、何とも濃厚なフェロモンが刺激的に籠もっていた。

圭一は匂いに反応し、休む暇もなくムクムクと回復してくるのが分かった。

脇腹から肌を舐め下り、真ん中に戻ってお臍《へそ》を舐め、腰骨に舌を這わせた。

「ああ……、そこ、くすぐったい……。でも、もっと……」

巳沙が次第に呼吸を荒くし、全身を妖しくくねらせはじめた。

3

圭一は腰から太腿へと舐め下り、足首まで下りていった。

体毛は薄く、脚はほっそりしていた。やはり彼と同じく、今までろくに運動などしてこなかったのだろう。

足裏まで舐め、指の間に鼻を押しつけて嗅ぐと、ここも濃厚なフェロモンが籠もっていた。汗と脂にジットリと湿り、蒸れた匂いが馥郁《ふくいく》と彼の鼻腔を刺激してくる。

圭一は爪先をしゃぶって舐め回し、もう片方も全ての指の股に舌を割り込ませて賞味した。

「アア……、いい気持ち……」

巳沙が言い、爪先で彼の舌をキュッとつまんできた。

そして待ちきれなくなったように、自ら両膝を大きく開いた。

圭一は腹這いになって脚の内側を舐め、白く滑らかな内腿の間に顔を潜り込ませていった。

黒々とした茂みが、股間の丘にこんもりと煙っている。ワレメからはみ出すピンクの陰唇《いんしん》は、ネットリとした蜜にまみれて息づいていた。

顔を寄せ、そっと指で陰唇を広げると、処女の膣口が細かな花弁状の襞に囲まれて、白っぽく濁った粘液がまつわりついていた。

目を惹《ひ》くのは、大きめのクリトリスだった。それは親指の先ほどもあり、マリーよりもずっと大きかった。

「早く、舐めて……」

巳沙が目を閉じ、下腹をヒクつかせながらせがんできた。

圭一は茂みの丘に鼻を埋め込み、ワレメに舌を這わせた。蒸れた体臭は、汗とオシッコと処女特有の恥垢《ちこう》などのミックス成分だろう。それが何とも濃厚に鼻腔を掻き回し、溢れる愛液は酸味も強かった。

彼は膣口を味わい、光沢ある大きめのクリトリスを舐め回した。

「アアーッ……！　そ、そこ……」

巳沙が激しく喘ぎ、身を反らせながら彼の顔を内腿で締めつけてきた。

圭一は執拗にクリトリスを舐め、乳首ほどもあるそれにチュッと吸いついた。

「くうっ……、もっと強く……！」

巳沙が顔をのけぞらせて言い、圭一もチュッチュッと強く吸い上げてやった。

そして彼女の脚を浮かせ、白く丸いお尻の谷間にも鼻を押しつけていった。可《か》憐《れん》なピンクの肛門には、秘めやかで生々しい匂いが馥郁と籠もり、妖しく鼻腔を刺激してきた。

このハイツのトイレに洗浄器は付いていないようだ。圭一は、マリーで得られなかったナマの匂いに激しく興奮し、細かに震える襞を執拗に舐め回した。

「あうう……、そこも、もっと舐めて……」

巳沙は、自ら浮かせた両脚を抱え込みながら言い、キュッキュッとイソギンチャクのように肛門を収縮させた。

圭一は充分に舐めて濡らし、舌先をヌルッと潜り込ませ、甘苦いような微妙な味覚を楽しんだ。

やがて充分に舐め尽くすと、彼は再びワレメに戻って大量の愛液をすすり、クリトリスに吸いついていった。

「い、いきそう……、もう止《や》めて……！」

ガクガクと腰を跳ね上げていた巳沙が言い、急に彼の顔を突き放して身を起こしてきた。

そして再び入れ代わりに彼を仰向けにさせ、ためらいなくペニスに跨《また》がってきたのだ。どうやら女上位《おんなじょうい》になって、男を組み敷くのが憧《あこが》れだったのかもしれない。

幹に指を添えて先端を膣口にあてがい、彼女は息を詰めてゆっくりと腰を沈み込ませてきた。

もちろんペニスは、硬度も大きさも元どおりになっていた。

たちまち、張りつめた亀頭が潜り込み、あとはヌルヌルッと根元まで受け入れながら座り込んできた。

「あう……！」

巳沙が僅かに眉をひそめて呻き、完全に股間同士を密着させた。

圭一も、マリーよりきつい締めつけと熱いほどの温もりを感じながら、すぐにも果てそうなほど高まってきた。

彼女は目を閉じ、ペニスを味わうように締めつけながら、グリグリと股間を押しつけて動かした。まるで一本の杭《くい》に貫かれた感じである。

しかし彼女は上体を起こしていられず、すぐに覆いかぶさるように身を重ねてきた。

破瓜《はか》の痛みはあるだろうが、もう二十一だから肉体は充分に発育している。それに向学心と好奇心の旺盛な彼女は、痛みよりは、その奥にある何らかの快感の芽生えや、初体験の感慨に思いを馳せているようだった。

圭一も下からしがみつき、間近に迫る巳沙の顔を見上げた。長い黒髪がサラリと顔の左右をカーテンのように覆った。髪には汗の匂いが染みつき、内部には濃厚な巳沙の吐息が籠もった。

そのフェロモンの刺激に、彼女の柔肉の奥でペニスがヒクヒクと反応した。

「ああ、動いている……。私のことが好きなのね……」

巳沙は言い、再び唇を重ね、激しく舌をからませてきた。そして無意識に腰を動かしはじめ、それに合わせて圭一も股間を突き上げた。

「ンンッ……！」

彼の舌に強く吸いつきながら、巳沙が呻いた。

しかし痛いだけではないらしい。その証拠に彼女も動きを速め、手足を圭一の肩や脚にからみつけてきた。まるで骨などないかのようにしなやかな肢体で、彼は大蛇に巻きつかれているような錯覚に陥った。

突き上げるたびにペニス全体が大量に蜜にまみれ、クチュクチュと心地よく肉襞の摩擦を受けた。

「い、いく……！」

口を離し、堪らずに圭一は口走った。

同時に、溶けてしまいそうなほどの大きな絶頂の快感が、怒濤《どとう》のように彼を巻き込み、どこまでも押し流していった。

大量のザーメンがドクンドクンと脈打つように内部に噴出し、圭一は巳沙の熱く濃厚な吐息を嗅ぎ、トロトロと注がれる唾液を飲み込みながら最後の一滴まで絞り尽くした。

「アア……、いっているのね、私の中で……」

巳沙も囁きながらヒクヒクと肌を波打たせた。まだ初回だから、オルガスムスには程遠いだろうが、圭一の絶頂が伝染したかのように彼女も激しく身悶え、ザーメンを飲み込むように膣内の収縮を繰り返した。

処女への気遣いも吹き飛び、股間をぶつけるように動きながら、彼は最後の一滴まで心おきなく出し尽くした。

やがて圭一はすっかり満足し、動きを止めて余韻に浸った。巳沙も締めつけながら、遠慮なくグッタリと彼に体重を預けてきた。

圭一は、絶頂が過ぎ去ってしまうと急に、彼女の重みや濃厚な吐息の匂いに、うんざりするような反発を覚えてしまった。

確かに、男は射精が済んでしまうと手のひらを返したようになってしまうが、今回はそれが顕著《けんちょ》だった。まだマリーと一回しかしていないので、童貞同然に飢えていたはずなのに、やはりもともと巳沙のことは好きなタイプではないからなのだろう。

ようやく、巳沙が股間を引き離し、ゴロリと横になってくれた。

しかし、なおも彼女は圭一を抱きすくめ、いつまでも耳や頬にペロペロと長い舌を這わせていた。

「こ、これで、江ノ島まで同行してくれますか……」

圭一が言うと、やっと巳沙も舌を引っ込め、ゆっくりと身を起こした。

「いいわ。一緒にシャワーを浴びましょう」

巳沙が言い、圭一もほっとして起き上がった。そして全裸のまま二人で狭いバスルームに入り、身体を洗い流した。彼女はシャワーキャップをかぶった。どうせこれから美容院で洗ってもらうのだから、髪は流わないのだろう。

彼女は初体験でも、出血はなかったようだ。

「こすって」

巳沙がプラスチックの椅子に座りながら言う。

圭一はボディソープをスポンジに泡立て、肩から背中を洗ってやった。すると巳沙は心地よさそうに身を預け、さらに脚の方まで洗わせた。

なかなか泡立たないほど皮脂《ひし》が溜まって垢《あか》も出てきたが、女性のものだから圭一はそれほど嫌ではなかった。あとは江ノ島へ行くだけだから、気持ちも楽になってきたのだろう。

彼が巳沙の足指の間まで丁寧にこすっている間、彼女は歯を磨いた。これも何日かぶりの歯磨きなのかもしれない。

圭一は、彼女の耳の穴まで洗ってやり、もう一度二人で湯を浴び、バスルームを出た。身体を拭くと、巳沙は一応洗濯済みのブラとショーツをつけ、その上から例のジャージ上下とブルゾンを着て眼鏡をかけた。

圭一も身支度を整え、やがて二人でハイツを出た。

「さあ、まずは買い物をしましょう。服と下着と靴を買いに。美容院はそのあと」

「アクセサリーも欲しいわ。したことがないから。銀座じゃなく青山がいい」

「わかりました」

圭一は頷き、タクシーを拾って二人で青山に向かっていった。

4

「では、そこらの美容院へ……」

大きな洋品店で着替えを終えると、圭一は巳沙の変わりように目を見張りながら言った。

お洒落《しゃれ》なランジェリーや靴、そして店員のすすめるままに巳沙は服を選び、ジャージを捨てて着替えていった。ウラシマ機関の鶴亀カードを見せると、オーナーも真剣に選んでくれたのだ。

さらにイヤリングやネックレスもつけ、小物入れのバッグも買うと、たちまち巳沙は洗練された都会的な美女に変身していった。

これは、ひょっとするとマリーに匹敵する超美女だったのではないか、と圭一は驚きながら、巳沙を見直しはじめていた。しかも、今は眼鏡も知的な容貌にピッタリと合っている。

世の中には、いくらお洒落しても無駄な女性がいるというのに、巳沙は勉強以外で自らを磨いてこなかったのだ。ほんの僅かでもお洒落をしていたら、彼女は高校でも大学でも周囲の人気者になっていただろう。

やがて二人は、近くの美容院に入った。

「シャンプーとお化粧だけ。三十分で終えて。時間が勿体ないので」

巳沙が店員に言う。お洒落のために時間を費《つい》やすのが耐えられないのだろう。

「承知いたしました。ではこちらへ」

圭一がカードを見せると、やはりオーナーが丁重に巳沙を奥へ招き、優秀な美容師をつけたようだった。

三十分ぐらいだったので外出せず、圭一は待合室で待つことにした。その間、携帯電話で、新宿からのロマンスカーの時間を調べておいた。巳沙が髪と化粧を整えても、まだだいぶ時間に余裕がありそうだった。

「痒《かゆ》いところはございませんか」

「全部」

美容師と巳沙の、そんなやり取りが聞こえてきて、圭一は苦笑した。

やがてオーナーからコーヒーが出され、雑誌など読んでいるうち三十分が過ぎた。そして巳沙が出てきた。

（うわ……）

圭一は目を丸くした。

長い黒髪は艶やかに光沢を帯び、眼鏡の奥の目元もクッキリとし、唇も濡れ濡れと赤く色っぽい口紅が塗られていた。マニキュアもされ、ブランドもののバッグを提げた姿は、どこへ出しても恥ずかしくないトレンディ美女だった。

これなら、今すぐにでももう一回セックスしたい気持ちである。まあ結局、考えてみれば人は見かけが全てなのかもしれない。

「面倒なものね、お化粧なんて。今日は我慢したけれど、年中じゃ御免だわ」

巳沙は言いながらも、鏡に映った自分にまんざらでもない表情をしていた。

「さあ、じゃ行きましょうか。まだ少し時間はあるけれど」

「大学に忘れ物があるの。携帯電話を」

「じゃ、先に本郷へ」

携帯など持っても、かける相手などあるのだろうかと思ったが、やはり宮崎の親ぐらいとはたまに連絡を取っているのだろう。圭一がタクシーを拾い、二人はまた本郷の東都大学へと向かった。

今度は正門もすんなり入れ、一緒に文学部の建物に行った。そして日本史の研究室に入ると、さすがに居合わせた学生たちは度肝を抜かれたようだ。

「ま、まさか、長尾さん……？」

「まさかとは何。忘れ物を取りに来たの。明日からしばらく遠出をするので顔は出さないわ」

巳沙は言いながら颯爽《さっそう》と一番奥の机まで行き、携帯をバッグに入れて戻ってきた。全員、声もなく口を開いて凍りついたまま、巳沙を見守るばかりだった。

やがて一緒に大学を出て、またタクシーに乗って新宿駅へ行った。

そしてロマンスカーで、終点の片瀬江ノ島《かたせえしま》へと向かう。

「鶴亀の話だけれど、浦島太郎が亀を助けたのは江ノ島という説があるわ」

車中で並んで座りながら、巳沙が言った。

「え……？」

「もちろん浦島伝説は全国各地にある。最も有名なのが、丹後《たんご》の国（京都）、与謝郡伊根《よさぐんいね》に伝わる話。でも太郎の出身地は神奈川県の三浦《みうら》市で、公用で丹後に行ったけれど、亀を助けたのは絵島《えじま》が磯《いそ》、つまり江ノ島ではないかと言われているの」

巳沙が説明をはじめた。

「御伽草子《おとぎぞうし》に、このように書かれているわ。『浦々島々入江《うらうらしましまいりえ》入江《いりえ》、至らぬ所もなく釣《つり》をし、貝をひろひ、みるめを刈りなどしける所に、ゑじまが磯といふ所にて、亀を一つ釣り上げける』」

さすがに巳沙は記憶力も良く、細かな文章まで覚えているようだった。

「子供から買ったのではなく、釣ったのですか」

「そう、伝わる昔話とはだいぶ違っているわ。太郎は、釣った亀を哀れに思って海へ帰してやった。すると亀は美しい姫の姿に変身して彼を竜宮城へ招待した。それは海中ではなく、どこかの島で、屋敷の四方には春夏《しゅんか》秋冬《しゅうとう》を表わす戸があった。そして自分の国に戻った彼は玉手箱で老人になり、さらに鶴になって長寿の象徴となり、鶴亀明神《つるかめみょうじん》として祀《まつ》られたの」

「ははあ、じゃ絵のように美しい江ノ島が竜宮城だった？　湘南は四季がはっきりしているというし」

「そうかもしれないわ。横浜の神奈川区浦島町に、浦島太郎の墓があるわ。亀の上に、UFOのようなもののついた櫓《ろ》を背負った像がある」

「そうなんですか。それは知らなかった……。なんか、亀そのものがUFOというか、乗り物みたいですね」

「記録によると、江ノ島は欽明《きんめい》天皇十三年（五五二年）に、突然海中から現れたと言われているわ。これは千五百年以上前、最も古い浦島伝説、日本書紀《にほんしょき》の神仙《しんせん》譚《たん》の時期と一致するの」

「……」

圭一は頷くことしか出来ず、ただ美紗の話に耳を傾けるばかりだった。

「江島縁起《えのしまえんぎ》には、こうあるわ。鎌倉の深沢《ふかさわ》の沼に、五頭龍《ごずりゅう》という長さ三十丈、つまり九十メートルほどの龍が棲《す》み、近隣の村の子供を食い殺しまくっていた」

「はあ……」

「それで欽明天皇十三年に、それを見かねた弁財天《べんざいてん》が一夜にして島を造り、悪事を止めるならこの島で夫婦になってやろうと言い、龍は改心したという。確かに湘南には、龍口寺《りゅうこうじ》や龍宝寺《りゅうほうじ》とかいう名が多いの」

「確か、江ノ島の洞窟は女性器の形をしているよね。それに龍はペニスの象徴」

「それは誰でも分かっていることよ」

巳沙が無表情に言い、圭一は肩をすくめた。ロマンスカーは、間もなく都内を出て相模大野《さがみおおの》駅に着くところだった。

圭一は頭の中を整理して、また口を開いた。

「一夜にして島が出来たというのは、やはりUFOだったのでは？」

「UFOを見て、大きな亀と思うのは自然かもしれないわね。それに龍《たつ》ノ口《くち》で、日蓮《にちれん》の首を斬ろうとした刀に、怪光が当たって三つに折れたという言い伝えがあるわ。『江ノ島の方《かた》より月の如く光りたる物、鞠《まり》の様《よう》にて辰巳《たつみ》の方より戌亥《いぬい》の方へ光り渡る』と。まさにUFOの怪光線」

「ははあ……」

「さらに鎌倉時代、片瀬《かたせ》海岸に金色の糸クズのようなものが大量に降り、あまり美しいので人々が取ろうとすると、煙のように消え失せてしまったというわ」

「エンゼルヘアーですか。円盤の燃料の廃棄物じゃないかと言われている」

「そう、亀がUFOなら、太郎は島ではなく、宇宙へ連れて行かれ、戻ってきたときには老いていたのではないかとする考え方もできるわね」

「それは面白いです」

「また、老いた太郎は鶴にもならず、苦しみ悶え死んだという話もあるわ。万葉集の巻九、ナンバー1740の長歌《ちょうか》に、白い煙を浴びた時に『立ち走り叫び袖振りこいまろび、足ずりしつつたちまちに情《こころ》消失《けう》せぬ』と書かれているの」

「なんか、悲惨ですねえ……」

　圭一は言った。

　ロマンスカーは、相模大野駅で少し停車し、また軽《かろ》やかに南下していった。

「もしも、江ノ島の本体がUFOで、乗っていた乙姫が宇宙人だったら？」

　圭一は、荒唐無稽《こうとうむけい》と思いつつ訊《き》いてみた。

「さあ、どうかしら。マリー竜崎は何か言っていた？」

「乙姫とは、日本最大のコンピュータのことだって」

「そう、宇宙人の乙姫にしろコンピュータにしろ、ウラシマ機関の目的は不老不死の研究じゃないのかしら。決して玉手箱を開けず、乙姫のそばにいれば永遠の命が約束されるような……」

「救世主が必要とか言ってましたけど」

　圭一は、自分たちの孫が救世主になるというようなことは黙っていた。どうせマリーが説明してくれるだろうし、今彼が言って、巳沙に何か質問されても答えられないと思ったのだ。

「それは面白いわ。もう単位は全部取ってしまったし、卒業まで読書以外に何かしたいと思っていたの。では、あとの話は着いてからの楽しみにするわ」

巳沙は言い、初めて彼から目を逸《そ》らし、流れていく窓の外の景色を見た。

やがて藤沢《ふじさわ》駅で少し停車してから、間もなくロマンスカーは終点の片瀬《かたせ》江ノ島駅に着いた。

5

小田急《おだきゅう》片瀬江ノ島駅の駅舎を振り返って、圭一は言った。

「わあ、竜宮城《りゅうぐうじょう》だ……」

赤い屋根に金色の飾り、まさにそれは竜宮城を模したものだった。

巳沙もチラと振り返ったが、すぐに歩きはじめた。風に潮の匂いが混じり、大通りに出るとすぐ向こうに海が見えてきた。

地下道をくぐって海辺に出ると、目の前に江ノ島が迫っていた。もちろん圭一は、湘南に来たのは初めてである。

二人で江ノ島に向かった。橋が二つあり、大橋は車用だ。徒歩用は弁天橋《べんてんばし》と言い、歩いて渡り、島に入ると、土産物屋や旅館などの間が参道となっていた。

ゆるやかな上り坂になり、商店の間には弁天小僧の人形なども飾られていた。平日なので、観光客はまばらである。サザエを焼く匂いが食欲をそそったが、今は早く基地に到着したかった。

やがて商店街が切れると、石段になっていた。

目の前に、大きな門がそびえている。これも、何と竜宮城の形をしていた。扁額《へんがく》を見ると、瑞心門《ずいしんもん》と書かれていた。

周囲は鬱蒼《うっそう》と茂る木々で涼しい。横には、エスカーという有料のエスカレーターがあるが、二人は石段を上っていった。

上まで行くと、辺津宮《へつのみや》という神社に着いた。

江ノ島神社は、辺津宮、中津宮《なかつのみや》、奥津宮《おくつのみや》という三つの神社の総称である。辺津宮には、有名な裸弁財天の奉安殿《ほうあんでん》があり、あちこちに龍や蛇の細工物があった。

奉安殿には入らず、二人はさらに奥の中津宮を抜けた。木々が切れると灯台が見えてきた。その周囲は植物園だ。

さらに奥へ進むと奥津宮だが、その手前に、目的の家があった。道を外れた場所に、「ウラシマ機関保養所」と小さく書かれた札が見えたのだ。

「三つの神社の、ほぼ中心かしら」

巳沙が周囲を見回して言い、二人は入っていった。真新しいペンションふうの二階建てである。

「いらっしゃい。ようこそ。巳沙さんね。マリー竜崎です」

すぐにマリーが出てきて言い、二人をリビングへと招いた。基地と聞いていたが、ごく普通の建物である。

窓の外には暮れなずむ海と、影絵になった富士山が見えていた。

「なんて、素敵な人……」

巳沙はマリーを見て、一目で魅せられたように呟いた。貫禄負けであろうか。見ていた圭一は、蛇のような雰囲気を持っている巳沙からすれば、マリーはさらに大きな龍のようなものかもしれないと思った。

マリーは二人をソファに座らせ、巳沙にも鶴亀のカードを手渡した。そして圭一に説明したのと同じことを、巳沙にも話した。

「どう？　生まれた赤ちゃんには会えないけれど、あなたの一生はウラシマ機関が面倒見るわ」

「ええ、面白そうです。この圭一さんの子なら産んでも構わないし、生まれた子に執着はありません。面倒な子育てより、読書している方がいいですから」

巳沙はすんなりとOKをし、初体験で病みつきになってしまったように、熱い眼差しを圭一に向けてきた。

「あ、あの、ここの地下に乙姫が……？」

圭一は、巳沙の視線をやんわりと外しながらマリーに訊いた。

「ええ、でもまだ連れて行けないわ。それは三人が揃ってから。明日、もう一人を説得に行ってもらうから、今日はゆっくりして」

マリーは言い、二人を二階の部屋へ案内した。

部屋は四つ、そのうち二つを巳沙と圭一が使うことになった。あとはマリーの部屋と、明日連れてくる残りの一人の部屋だろう。

中にはベッドがあり、下着の替えやパジャマなども揃えられていた。とにかく圭一は上着を脱ぎ、窮屈なネクタイを外した。

やがて日が落ち、三人は階下で夕食を囲んだ。地下はともかく、地上の建物にいるのは三人だけのようだ。

夕食はステーキにサラダと豪華だった。圭一はあまりアルコールに強くないので、ビールを少しだけ飲んだ。巳沙は、今まであまり酒を飲む機会などなかっただろうに、相当なウワバミらしく、マリーと一緒にビールのあとはワインを飲みはじめていた。

食事を終えると圭一は広いバスルームで身体を洗い、ゆっくりと浸かって身体を休めた。実に昨夜から目まぐるしい時間を過ごしてきたのだ。

彼は風呂から上がってバスローブを羽織ると、二階の部屋へ引きあげた。まだ八時過ぎだから眠くはない。

窓から外を見ると、植物園の森と、灯台が見えた。そして微かに潮騒《しおさい》が聞こえていた。

（また、マリーさんとセックスしたいな……）

圭一は思った。やはり、いかに美しく変身しようと、巳沙よりもマリーの方が好みだった。

しかし、間もなく彼の部屋に入ってきたのは巳沙であった。

彼女も買ったばかりの服を脱ぎ去り、彼と同じバスローブ姿だった。

しかし入浴した様子はない。欲情すると、とにかく時間を惜しんで行動したくなるようだ。

巳沙は眼鏡を外し、ベッドの枕元にコトリと置いた。それでスイッチが入ったように、室内は淫らな空気に包まれた。

「脱いで……」

巳沙は言い、自分も手早くバスローブを脱ぎ去った。下には何も着《つ》けていなかった。

圭一も脱ぎ去り、全裸になってベッドに横たわった。もちろんマリーでなくても構わない。美しく変身した巳沙にも激しい興奮が湧いていた。

「舐めて……」

いきなり彼女は、そう言いながら仰向けの圭一の顔に跨ってきた。ためらいや羞《は》じらいよりも、即行動しストレートに要求、というのが小気味よいほどだ。

圭一の顔の左右に、白く滑らかな巳沙の内腿が広がり、中心部が迫ってきた。すでにはみ出した陰唇はヌメヌメと潤《うるお》い、今にもトロリと滴《したた》ってきそうなほどシズクが膨らんでいた。

巳沙は自分からギュッとワレメを押しつけ、完全に彼の顔に座り込んだ。

柔らかな茂みに鼻を塞《ふさ》がれ、濡れたワレメが圭一の口に密着してきた。ハイツでのシャワーから半日経っているので、茂みの隅々には馥郁《ふくいく》たる汗の匂いが染みつきはじめていた。

彼は生ぬるいフェロモンを吸い込み、陰唇の内側に舌を差し入れていった。淡い酸味の愛液が溢れ、舌先で膣口からクリトリスまでを舐め上げていくと、

「アアッ……！」

巳沙が激しく喘ぎ、さらにグイグイと体重をかけてきた。さらにこすりつけてくるので、たちまち彼の顔中はヌラヌラと大量の愛液にまみれた。

そして彼女はひとしきり舐めさせると、自分から股間を引き離し、今度は圭一のペニスに屈み込み、貪《むさぼ》るようにしゃぶりはじめた。

とても今日、初体験を終えたばかりとは思えない大胆さだ。

「く……」

圭一は激しい快感に呻《うめ》き、彼女の口の中で温かな唾液にまみれながら、ペニスは最大限に勃起《ぼっき》してきた。

巳沙は熱い息を彼の股間に籠もらせながら強く吸い、長い舌を執拗《しつよう》にからめてから、スポンと口を引き離し、身を起こしてきた。

そして再び女上位でペニスに跨り、幹に指を添えて先端を膣口に受け入れていった。

「ああ……、気持ちいい……」

ヌルヌルッと根元まで呑み込み、完全に座り込みながら巳沙が言った。二度目でも、すでに痛みよりは快感と充足感を得ているようだ。

圭一も、温かく濡れた柔肉に深々と潜り込み、きつく締めつけられながら快感に喘《あえ》いだ。

すぐにも巳沙は身を重ねて腰を動かしながら、伸び上がるようにして彼の口に乳首を押しつけてきた。

圭一は吸いつきながら股間を突き上げ、最初の一回目とは違う、だいぶ控えめな甘いフェロモンに包まれながら高まった。

溢れる愛液は彼の陰嚢を濡らし、内腿までベットリと湿らせてきた。

圭一は左右の乳首を交互に含んで吸い、舌で転がしながら股間の突き上げを早めていった。

巳沙も腰を動かしながら乳首を離して、今度は上からピッタリと唇を重ねてきた。長い舌が潜り込み、彼の口腔を隅々まで這い回った。甘酸っぱい吐息が鼻腔を満たし、流れ込む生温かな唾液で喉を潤しながら、たちまち圭一は昇り詰めてしまった。

「く……、うう……！」

舌を吸われながら圭一は呻き、激しい快感に貫かれながら、熱い大量のザーメンを噴出させた。

「アア……、熱いわ、感じる。もっと出して……」

顔を上げ、互いの口を唾液の糸で結びながら巳沙も声を上ずらせ、狂おしく身悶えた。ほぼ、オルガスムスらしきものを感じはじめたようだった。

圭一は最後の一滴まで出し尽くして動きを止め、巳沙の匂いと温もりに包まれながらグッタリと力が抜けていった。

第三章　汗っかき美少女の匂い

1

「では二人目の女の子を連れてきて。住んでいるのは鎌倉市内だから近いわ」

翌朝、朝食後にマリーが圭一に言い、二人目のデータを手渡してきた。

昨夜は、あれから巳沙と二回セックスしたが、一緒に寝ることはなく、彼女は隣室に戻っていった。

圭一はゆっくり寝て、八時に起床。顔を洗ってマリーと朝食を済ませたところだった。巳沙は、まだ寝ているようだ。

「わかりました。では行ってきます」

圭一は言い、保養所と称する建物を出た。今日も心地よい秋晴れである。

昨日来るときに通過した二つの神社を通り抜け、彼は参道を下りて栈橋《さんばし》まで出た。そこでタクシーに乗り、島を出て鎌倉方面へ向かった。

データには、高知県出身、久慈《くじ》波子《なみこ》、湘南《しょうなん》女子短期大学初等教育学科一年とある。魚座の十八歳だから同い年で、生まれ月まで圭一と一緒だった。巳沙のとき、第一印象があまり良くなかったが、波子はどうだろう、と圭一は不安になった。

それに巳沙は来春卒業だったし、単位も全て取ったというから難なく卒業できるだろうが、波子は一年生なのだ。それをウラシマ機関に呼び、妊娠出産をさせてしまうのだから、当然中退か休学ということになってしまうだろう。初等教育学科ということは、幼稚園か小学校の教師を目指しているだろうから、それは少し気の毒だった。

ウラシマ機関がついていれば、どんな夢もあとから叶《かな》うだろうが、学科からして子供好きらしいから、わが子と別れるのも辛いだろう。

もっとも、それを説得しなければならないのだ。それに波子も今時の女の子だから、その後の優雅な生活と引き替えに、それくらいは納得してくれるかもしれない、とも思った。

ただ、マリーの言った言葉。一人はすんなりいくが、もう一人は厄介かもしれないというのが少々引っ掛かっていた。

タクシーは海岸線を走り、途中から左に折れて八幡宮《はちまんぐう》方面へと行った。やがて短大前で車を降り、圭一は構内に入っていった。

女子短大だから、男の出入りチェックは厳しいだろうに、鶴亀カードを見せると無条件で難なく入れてもらえた。地元の方が、ウラシマ機関の情報が行き渡っているのかもしれない。

さらに学生課へ行って問い合わせると、すぐに係の人が波子を放送で呼び出してくれた。少し待っていると、間もなく波子がやってきた。

「ウラシマ機関の河津圭一です。久慈波子さんですね」

圭一は、名刺代わりのカードを見せて言いながら、波子のあまりの可憐さに目を見張っていた。

ショートカットで笑窪《えくぼ》が愛らしく、ぽっちゃり型でつぶらな眼をしていた。髪も染めていないノーメイクだが健康美に溢れ、服装も実に清楚《せいそ》だ。十八歳の同い年だが、小柄な圭一よりもさらに小さな美少女だった。

「何の御用ですか。講義中なのですが」

波子は、ちらと黒目がちの眼を上げて言ったが、すぐに顔を伏せてしまった。あからさまに迷惑そうにしている。学生課の人たちが興味深げにこちらの様子を窺っているので、圭一は促すように外へ出ながら言った。

「何度かマリーさんからメールが行っていると思いますが、これからご一緒に江ノ島までお越し願いたいのですが」

「困ります」

「決して、悪い話じゃないです。協力してくれたあとには、どんな夢でも叶います」

「権力やお金で人をどうこうするのは嫌いです。では」

波子は取りつく島もなく、そのまま背を向けて歩き去ろうとした。

するとそのとき、

「待って」

声がかかり、波子は振り返った。圭一も驚いて見ると、何と巳沙が姿を現して、波子を呼び止めていたのだった。

「み、巳沙さん。どうしてここへ……」

「マリーさんから言われたの。圭一君だけでは必ず手こずるだろうから、私にも行けって」

巳沙は言い、すぐ波子に向かって声をかけた。

「お願い、一緒に来てお話だけでも聞いてほしいの」

「あなたは……」

巳沙に言われ、波子の様子が変化していた。拒《こば》む様子が消え去り、何やら何年かぶりに姉と再会したような、そんな表情になっている。

「東都大四年、長尾巳沙。私も昨日彼に言われて江ノ島へ来たばかりなの。だから、どうか心配しないで」

「でも……」

「さあ、門で待っているわ。荷物を取ってきて」

「は、はい……」

波子は頬を上気させて小さく頷き、小走りに教室の方へと戻っていった。

「何を手こずっているの。こんなに簡単なのに」

「い、いえ……」

巳沙が言ったが、圭一にはわけが分からなかった。

「たぶん、巳沙さんの第一印象がものすごく良かったのでしょうね」

「圭一君の印象が悪かったのかも。でも、私はああいう若い子は嫌い。自分が可愛いと分かっていて、子供好きなんてふりしながら、そんな自分が一番好きで堪らないブリッ子」

「そ、そこまで言いますか……」

「それに汗や唾液が多そうで気持ち悪いわ。肌がヌメヌメしていそう」

「それは若いから新陳代謝も活発で、ジューシーなだけでしょう」

「とにかく、私は役目を果たしたから、市立図書館にでも行ってくるわ」

「そんな、一緒じゃないんですか」

「もう、あなた一人でも彼女は来るでしょう。じゃ」

そう言うと、巳沙はさっさと門を出て行ってしまった。

そして間もなく、バッグを持った波子が小走りに戻ってきた。確かに額《ひたい》や首筋が汗ばみ、ふんわりと甘い芳香を漂わせている。

これほど可憐な美少女は、高校時代にも見たことはなかった。スレてもいないし、実に清らかである
「あの人は……？」

「ああ、用事があって先に帰りました。では僕と行きましょう」

「そう……」

圭一が言うと、波子はあからさまに失望の色を見せた。それでも、もちろん来

る気にはなってくれたようだ。

「あの、江ノ島へ行って、今日は帰れるのですか……」

門を出て歩きながら、波子が不安げに言う。

「詳しい話はマリーさんがするけれど、あるいは泊まりになるかも」

「それなら家にも寄りたいのですが」

「分かりました」

圭一が言うと、波子は大通りから路地に入り、住宅街へ入っていった。住まいは、短大からすぐ近くらしい。

やがて波子は一棟のマンションに入っていった。一緒にエレベーターに乗り、五階まで上がる。そして彼女が鍵を出してドアを開けて入った。

誰もいない廊下で待っているのも不審に思われるので、圭一も中に入ったが、上がり込まなかった。どうにも波子の様子が素っ気なく、あまり彼のことが好きではないタイプなのかもしれない。

中はワンルームで、キッチンやテーブル、本棚にベッドなどがきちんと片づけられ、巳沙の部屋とは段違いだった。

「見ないで」

波子は言い、箪笥《たんす》から下着の替えなどをベッドの上に出しはじめた。

圭一も横を向き、清潔に手入れされているキッチンを眺めていた。

しかし、間もなく波子が彼を呼んだのだ。

「済みません。これを……」

見ると、彼女は天袋《てんぶくろ》を開け、旅行用のバッグを取り出そうとしている。しかし小柄なので届かず、椅子は回転式なので乗るのが怖いようだった。引っ越ししてきたときは、親か友人の誰かが天袋にしまったのだろう。

「はい。じゃ僕が」

圭一は部屋に上がり込み、室内に漂う波子のフェロモンを感じながら椅子に上がった。

彼女も、椅子が回転しないよう背もたれを押さえてくれていた。

彼はバッグを取り出し、波子に渡して椅子を降りた。

すると、出されている下着類が目に入り、さらに近くにいる波子の匂いを感じて、圭一は激しく欲情してきてしまった。

どうせ結ばれる運命なのだ。彼はいきなり、波子を抱きすくめてしまった。

「あッ……！　何するんです……！」

波子が声を震わせ、懸命にもがいて逃れようとした。しかし、もともと大人しい子なのだろう。その抵抗も実に弱々しいものだった。

「ごめんよ。一目見たときから、どうにも好きで仕方がなくなったんだ……」

圭一は言いながら、何とも上品で悩ましく甘ったるい汗の匂いを感じ、そのまま彼女をベッドに押し倒し、のしかかって唇を奪ってしまった。

2

「ク……、ンンッ……！」

波子が眉をひそめて呻き、必死に彼の身体を突き放そうとした。

圭一は柔らかな唇の弾力を感じながら、イチゴのように甘酸っぱい息の匂いに激しく高まった。

舌を差し入れようとしたが、彼女はかっちりと前歯を閉ざしていた。

圭一は唾液に濡れた唇の内側を舐め、ぬらりとした光沢のある綺麗な歯並びを舌先で左右にたどりながら、美少女の吐息に酔いしれた。

そして彼女のブラウスの胸にタッチすると、

「アァッ……！」

とうとう波子が喘ぎ、前歯を開いた。

すかさずヌルリと舌を潜り込ませ、圭一は美少女の口の中を舐め回した。

彼女は、噛みつこうとはせず、舌を奥へ避難させてじっとしていてくれた。

美少女の口腔はさらに濃く甘酸っぱい果実臭が満ち、ジューシーにタップリ溢れてくる唾液はほんのり甘かった。

圭一は彼女の舌を探り、噛み切ってしまいたいほど柔らかく滑らかな感触を心ゆくまで味わった。

波子の舌も、次第にチロチロと動いたが、それはからみつけるというよりは、彼の舌の愛撫を逃れようとしているのだろう。

圭一はあまりに心地よいので、いつまでも執拗に彼女の舌を舐め、唾液と吐息の吸収だけでも危うく果てそうなほどの高まりを覚えた。

ようやく口を離し、彼はグッタリとなった波子のブラウスのボタンを外しにかかった。

すると、波子が彼の動きを抑えるように手を重ねてきた。手のひらも相当に汗ばんでいた。

「待って……、どうしてもするなら、一つお願いがあります……」

波子が小さく言った。もちろん圭一に否《いな》はない。彼女が、させてくれる気になったことが何より嬉しかった。

「うん、何でも言ってみて。どんな願いでも、必ず叶えられるはずだよ」

「じゃ、さっきの巳沙さん……。あの人と、いけないことがしたいです。どんなに嫌がられても、きっと協力してくれますか……」

波子の言葉に、圭一は目を丸くした。

「君は、レズ……？」

「多分、そうだと思います。今まで、女の人しか好きになったことはないけど、経験は一度もありません……」

「じゃ、男は嫌い？」

「はい。いくら告白されても、今まで誰も相手にしたことはないです。でも、初めて会った巳沙さんが理想の人だと思うので、あの人と仲良くなるためなら我慢します……」

波子が言う。

我慢でも構わない。これほどの美少女が抱けるならば、と圭一は思った。波子にとって巳沙が理想なら、圭一にとっては波子こそ、今まで追い求めてきた最高の女性だという気がしていた。

「うん、わかった。もともと僕たち三人は地球の未来のために、仲良くしなきゃいけない宿命なんだ。巳沙さんも、必ず分かってくれるし、僕も責任もって全面的に協力するから、きっと今夜にでも好きなように出来ると思うよ」

圭一は請け負いながら、波子のブラウスを脱がせた。波子も納得し、従容《しょうよう》と身を投げ出して、されるがままになっていた。

さらにスカートを引き下ろし、両足から白いソックスも脱がせた。

そして圭一も手早く全裸になってしまい、波子の白いブラとショーツも脱がせて、互いに一糸まとわぬ姿になった。

見下ろすと、波子の汗ばんだ白い全身から、陽炎《かげろう》のように思春期フェロモンが立ち昇っていた。

オッパイはそれほど大きくはないが形良く、やや上向き加減で感度が良さそうだった。ポッチリした乳首は初々《ういうい》しい薄桃色で、乳輪も光沢があるほど張りがあった。

腰も脚も健康的に引き締まっているが、骨などないかのようにしなやかな肢体《したい》だ。股間の茂みはほんのひとつまみ、実に淡く楚々《そそ》として、恥ずかしげだった。

あらためて添い寝し、彼はもう一度唇を重ね、舌を潜り込ませた。

「ンン……」

眉をひそめながら波子は小さく鼻を鳴らし、それでも今度はチロチロと舌をからめてくれた。圭一は執拗に舐め回し、ようやく離して、汗ばんで甘い匂いを放つ首筋を舐め下り、乳首を含んでいった。

「ああッ……！」

チュッと吸いつくと、波子がビクッと顔をのけぞらせて喘いだ。

本当なら最初は、理想的な同性に触れられたかったのかもしれないが、圭一は容赦なく舌で転がし、もう片方も含んで舐め回した。膨らみは柔らかく、それでもまだ硬い弾力が秘められているようだ。

胸元には、ポツポツと汗のシズクが浮かび、何やらミルク菓子に似たような甘ったるい体臭が漂っていた。

圭一は胸元の汗を舐め取ってから、腕を差し上げて波子の腋の下にも顔を埋め込んでいった。

そこも実に濃厚なフェロモンが籠もり、圭一は胸いっぱいに美少女の体臭を吸い込みながら、スベスベの腋の窪みに舌を這わせた。

波子はくすぐったそうにクネクネと身をよじり、そのたびに新鮮な汗の匂いを揺らめかせた。

圭一は肌を舐め下り、中央に戻って愛らしい縦長のお臍を舐め、腰からムッチリした太腿へと移動していった。

どこも体毛などなく、何とも滑らかな舌触りだ。

彼は膝小僧から脛《すね》を下降し、足の裏も念入りに味わった。どこも清らかな汗でヌラヌラし、指の股はジットリと湿って悩ましい匂いを籠もらせていた。

爪先をしゃぶり、桜色の爪を嚙み、全ての指の間に舌を割り込ませると、うっすらとしょっぱい味わいが可愛らしかった。

「あうう……、ダメ……」

波子が喘ぎ、足を引っ込めるようにして悶えた。

圭一は両足とも存分に味わい、彼女をうつ伏せにさせながら、踵《かかと》から脹《ふくらはぎ》脛を舐め上げていった。

膝の裏側も汗ばみ、甘い匂いをさせていた。そこも充分に舐めてから愛らしいお尻を舌でたどり、腰から背中を舐めた。汗の味は淡いが、フェロモンは充分に彼の鼻腔を満たしてきた。

圭一はショートカットの髪に顔を埋め、うっすらと乳臭い匂いを嗅いでから再び背中を舐め下り、お尻の谷間に鼻を押しつけていった。

両の親指で双丘をムッチリと開くと、可憐な薄桃色のツボミがひっそりと閉じられていた。

鼻を埋め込むと、やはり汗ばんでいるお尻が顔中に吸いついてきた。

そして汗の匂いに混じり、ほんの少しだけ秘めやかな微香《びこう》が感じられた。あるいは、洗浄器のない学内のトイレを使って大の用を足したのだろう。

圭一は美少女の恥ずかしい匂いを何度も吸い込み、細かに震える襞《ひだ》に舌を這い回らせた。

浅く舌を潜り込ませ、滑らかな粘膜を味わい、クチュクチュと出し入れするように充分に愛撫してから、再び彼女を仰向けにさせた。

そして大股開きにさせ、無垢《むく》な中心部に顔を迫らせていった。

「アア……、は、恥ずかしい……」

波子が目を閉じて声を震わせ、ヒクヒクと下腹を波打たせた。

ぷっくりした股間の丘には、楚々とした若草が煙り、その下のワレメは丸みを帯びて、まるでゴム鞠《まり》を二つ横に並べて押しつぶしたようだった。

初々しい縦線のワレメからは、僅かにピンクの花びらがはみ出していた。

そっと指を当てて左右に開くと、処女の膣口が、細かな襞を震わせて息づいていた。

やはり、同じ処女でも巳沙とは違った印象である。だいいち波子のワレメは、巳沙ほど濡れていなかった。全身はジューシーだが、圭一が相手では、まだ性的な興奮には到っていないのだろう。

レズかもしれないと自分で言うだけあり、クリトリスへのオナニーは行っているのだろう。可憐な容貌に似合わず、光沢あるクリトリスは包皮を押し上げるようにツンと勃起して大きめだった。

圭一は恥毛の丘にギュッと鼻を埋め込み、柔らかな感触にくすぐられながら深呼吸した。

甘ったるい汗の匂いが濃厚に鼻腔に満ち、さらに乾いたオシッコの刺激も混じっていた。さらには恥垢《ちこう》や蒸れた体臭がミックスされ、圭一は夢中になって何度も嗅ぎながら舌を這わせていった。

「く……！」

柔肉《やわにく》からクリトリスまで舐め上げると、波子が息を詰めて呻き、激しい力で内腿を締めつけてきた。

圭一が執拗にクリトリスを舐めるうち、次第にワレメ内部に生温かな蜜がヌラヌラと溢れてきて、たちまち舌の動きが滑らかになっていった。

蜜は、マリーや巳沙と同じ淡い酸味だ。いったん溢れはじめると、それは止めどない大洪水になっていった。

3

「あぁッ……! き、気持ちいい……」

波子が顔をのけぞらせて口走った。

ここまで来れば、もう相手が男とか女とか関係なく感じてくれるだろう。あとは挿入時の痛みに耐えてもらうだけである。

圭一は執拗に清らかな愛液をすすり、色づいたクリトリスを舐め回した。

「ダメ、いきそう……」

波子が息を詰めて言うので、入れるなら今かと思い、圭一は舌を引っ込めて身を起こした。そのまま股間を進め、先端をワレメにこすりつけた。そして充分にヌメリを与えると位置を定め、ゆっくりと挿入していった。

張りつめた亀頭《きとう》が処女膜を丸く押し広げてヌルリと潜り込むと、

「あう……！」

波子が眉をひそめて呻いた。

さすがに巳沙以上にきついが、潤滑油に助けられて、急角度にそそり立ったペニスはヌルヌルッと滑《なめ》らかに根元まで呑み込まれていった。

何という心地よい肉襞《にくひだ》の摩擦だろう。圭一は暴発しないよう息を詰め、温もりと感触を嚙みしめた。そして股間を密着させながら、脚を伸ばして身を重ねていった。

汗ばんだ肌が吸いつき、胸の下で柔らかなオッパイが心地よく弾んだ。甘ったるい汗の匂いに、果実臭の吐息の匂いが馥郁《ふくいく》と混じり、彼の絶頂を早めるように鼻腔を搔き回してきた。

彼は波子の肩に腕を回してシッカリと抱きすくめ、様子を探りながら小刻みに腰を突き動かした。

「アア……」

波子が痛そうに顔をしかめて喘ぎ、彼の背に両手を回して爪を立ててきた。

しかし愛液があまりに多いので、動きはヌラヌラと滑らかだった。

圭一は高まりながら美少女の唇を求め、舌をからめながら清らかな唾液と吐息を吸収した。

長く保たせる必要はないだろう。圭一は我慢することなく、動きもセーブせずに次第にリズミカルに動きはじめていった。

「ンンッ……！」

律動が激しくなると、波子は呻いて彼の舌にチュッと強く吸いついてきた。

額も首筋も胸元も、彼女が溶けてしまいそうなほど汗を流し、かぐわしく生ぬるいフェロモンで彼を包み込んだ。

「く……！」

たちまち圭一は大きなオルガスムスの快感に全身を貫かれ、呻きながら大量のザーメンを噴出させた。

内部に満ちる粘液で、さらに動きがスムーズになった。彼は股間をぶつけるようにピストン運動を続け、最後の一滴まで心地よく絞り尽くしたのだった。

ようやく動きを止め、彼は波子に体重を預けていった。そして喘いでいるぷっくりした唇に鼻を押し当て、甘酸っぱい吐息を胸いっぱいに吸い込みながら、うっとりと快感の余韻を味わった。

これほどの美少女が抱けたことだけでも、圭一はウラシマ機関に感謝した。もちろん一回きりではない。これから何度も波子を抱けるのだ。

彼女は破瓜《はか》の痛みも麻痺《まひ》したように、グッタリと四肢《しし》を投げ出して荒い呼吸を繰り返していた。

やがて圭一は呼吸を整え、ゆっくりと身を起こして股間を引き離した。枕元にあったティッシュで手早くペニスを拭ってから、波子のワレメを観察した。ティッシュを押し当てると、ほんの少しだけ、逆流するザーメンや愛液に混じって血の糸が走っていた。

彼は鮮烈な赤さを眼に焼きつけ、再び波子に添い寝していった。

まだ昼前だ。もう一回ぐらいしておきたい。波子が巳沙を理想というなら、圭一も波子が理想の女の子なのだ。

こうして身体をくっつけ、温もりと匂いを感じているだけでも、あっという間にムクムクと回復してきてしまった。

彼は波子の手を握り、そっとペニスへと導いた。彼女はやんわりと握り、汗ばんだ手のひらに温かく包み込んでくれた。

「もっと強くいじって……」

囁くと、波子はやや力を強めて揉みはじめた。たちまちペニスは元の大きさを取り戻した。好意ではないかもしれないが、好奇心による探るような動きが、何とも心地よかった。

圭一はそのまま彼女を上にさせ、下から唇を求めていった。

抱き寄せると、波子も嫌がらずにキスしてくれた。

「ツバを飲ませて、いっぱい……」

口を触れ合わせたまま言うと、波子は微かに眉をひそめながらも、トロトロと生温かなシロップを注ぎ込んでくれた。もともと分泌液が多いたちなのだろう。それはいくらでも溢れ、舐めて味わうと言うより何度も喉を鳴らして飲み込めるほどの量だった。

「ここも舐めて……」

囁きながら鼻を押しつけると、波子はぽってりした舌を這わせ、甘酸っぱい芳香で彼の鼻腔を満たしながら、鼻の穴を舐め回してくれた。

さらに顔中を押しつけると、波子は厭《いと》わず舌を這わせてきた。舐めるというより、あとからあとから溢れてくる唾液を舌で塗りつける感じだった。

そして彼女の顔を徐々に下降させていくと、波子は圭一の首筋から胸へと舐め下りていった。

両の乳首を舐め、腹へと下りていくと、肌はナメクジでも這い回ったように唾液の痕が縦横に印《しる》された。

さらにペニスへと押しやっていくと、波子はペニスを握ったまま顔を寄せて熱い視線を注いできた。

「変な形……、こんなふうになっているのね……」

波子が独りごちるように言い、亀頭から幹、陰嚢の方までそっと触れてきた。

愛撫をせがむように股間を突き上げると、波子の唇に先端が触れた。

「くわえて。歯を当てないように……」

言いながら彼女の頭を押すと、波子もパクッと亀頭を含み、味見するようにチロチロと先端を舐め回してくれた。

「ああ……、気持ちいい……」

圭一がうっとりと言うと、さして好意を持っていなくても、自分の愛撫で男が感じるのが嬉しいのか、波子は次第に舌の動きを活発にさせ、喉の奥まで呑み込んでくれた。

美少女の口の中は熱く濡れ、内部で蠢《うごめ》く舌も実に心地よかった。たちまちペニス全体は、大量の唾液にどっぷりと浸り込み、さっきの射精などなかったかのように高まってきた。

「こうして……」

圭一は、彼女の下半身を引き寄せ、仰向けの顔を跨がせた。波子がペニスを含んだまま身を反転させ、女上位のシックスナインの体勢になり、熱い鼻息で陰嚢をくすぐってきた。

彼も下から波子の腰を抱え、ワレメに迫った。

もう血は止まり、陰唇の間からは新たな愛液が湧き出していた。クリトリスを舐め回すと、

「ンンッ……！」

波子が可愛いお尻をくねらせて呻き、チュッと反射的に強く亀頭に吸いついてきた。ワレメのすぐ上では、可憐なピンクの肛門がキュッキュッと収縮した。

圭一は小刻みに股間を突き上げ、濡れた唇の摩擦を味わいながら波子のワレメを舐め回した。

感じるたび、波子は堪えるように強く吸引し、トロトロと愛液を湧き出させてきた。

「い、いく……！」

たちまち圭一は絶頂に達してしまい、口走りながら美少女の喉の奥めがけてドクンドクンと勢いよくザーメンをほとばしらせてしまった。

「う……」

喉を直撃され、波子が舌の動きを止めて呻いた。

「続けて……、全部飲んで……」

圭一は快感に身悶えながら言い、波子のもっとも神聖な口の中に最後の一滴まで出し尽くしてしまった。波子もキュッと口を引き締め、亀頭を含んだまま口に溜まった分を喉に流し込んでくれた。

「ああ……、気持ちいい……」

圭一は、美少女に飲まれている感激にうっとりと言い、硬直を解いてグッタリと身を投げ出した。波子は全て飲み干し、チュパッと口を離し、なおも濡れた尿道口を舐めて清めてくれた。

「変な味……、生臭いわ……」

言いながらも、全て綺麗にしてくれた。波子はよほど巳沙との仲を期待しているのだろう。

やがて二度の射精で落ち着いた圭一は、二人でシャワーを浴びて身繕《みづくろ》いし、荷物を揃えて波子のマンションを出たのだった。

4

タクシーを拾おうと大通りに出ると、ちょうど図書館からの帰りらしい巳沙の姿が見えた。手を振ると彼女もこちらに来て、やがて三人でタクシーに乗って江ノ島へ向かった。

「巳沙さんだわ！　よかった……」

「大した本はなかったわ。でも湘南の伝説には興味があった。鶴亀カードがあるからいくらでも借りられたけど、重いのでやめにしたの」

「そうですか。私も伝説は好きです」

後部シートに並んで座った巳沙と波子が話している。波子の大きなバッグがあるから、圭一は助手席に乗ったのだ。

波子は楽しげに話しかけ、巳沙は素っ気ない感じだった。

それでも波子は気にせず、あれこれ巳沙に質問をし、自分の話もした。波子は中学高校と、水泳部だったようだ。その名のとおり、海や水が好きなのかもしれない。あるいは、汗っかきだから水泳部なら水に浸かって目立たないからではないか、などと圭一は思った。

やがて江ノ島大橋を渡り、島に入ったところで三人はタクシーを降りた。

「外でお昼にしましょうか。急いで戻ることもないし」

圭一が言うと二人も賛成し、参道の途中にあるレストランに入った。三人とも海鮮を中心にした江ノ島御膳にしたが、巳沙だけはビールも追加した。

「午後は、奥津宮《おくつのみや》から先も行ってみませんか。昨日は、二つの神社しか回っていないから」

食べながら圭一が言うと、

「わあ、行きましょう。私がご案内します」

すぐに波子も顔を輝かせて言った。本当は巳沙と二人で行きたいのだろう。

波子は高知から、憧れだったらしい湘南に出てきたのだ。島を含め、あちこち散策しているようで、この三人の中では最もこの辺《あた》りに詳しかった。

「そうね、ひととおり見ておいた方がいいわね」

巳沙が言い、三人は食事を終えると、また山道を登りはじめた。もちろん唯一の男として、圭一は波子のバッグを持ってやった。

瑞心門から辺津宮《へつのみや》へ上がり、昨日は入らなかった奉安殿《ほうあんでん》に入って裸弁天を見学した。

顔立ちの整った全裸の弁財天が、琵琶《びわ》を弾いている姿だ。股間は、台座の出っ張りで見えないようになっているが、おそらくワレメも作られているのだろう。

弁天の反対側には、大きな龍の飾りのある賽銭箱《さいせんばこ》があった。そして弁天の左右には、白い蛇の置物があった。

「綺麗な顔だね。身体も色っぽいし」

「琵琶を外して仰向けにさせると、男を受け入れる体勢になるらしいわ」

「へえ……」

巳沙の言葉に、圭一は感心した。もちろん平日の昼間で、他の観光客は誰もいないから、どんな話題でも大丈夫だ。

三人は奉安殿を出て、次の中津宮《なかつのみや》を回った。そこは蛇ではなく、角のある石が置かれていた。何やらナメクジの形をしている。

さらに灯台と植物園を通過した。

「ここなんだ。荷物だけ置いてくる」

圭一は言い、ウラシマ機関の建物に波子のバッグだけ置きに行った。中に入ると、マリーの姿はなかった。あるいは地下にでも行っているのだろうか。

彼は玄関にバッグを置き、すぐ二人の方へ引き返した。

そして江ノ島神社の本宮である奥津宮《おくつのみや》を参拝した。拝殿の天井には、八方睨《はっぽうにら》みの亀の図が描かれている。

「どの角度から見ても、こっちを睨んでいるように見えるんです」

「本宮だから、竜宮の亀なのかな」

「亀の顔、何となく蛙《かえる》に似ているわ……」

三人が、それぞれに言い、やがて奥へと行った。

また少し土産物屋や人家、保養所などがあり、あとは下りの石段だ。島で繁殖したのか、あちこちに多くの猫の姿があった。

海岸の岩場に下りると、そこは稚児《ちご》ヶ淵《ふち》。

「白菊《しらぎく》というお稚児さんが、和尚に愛を告白されて悩み、身を投げた場所です。あとから、和尚もあとを追ったらしいわ」

「白菊の、花の情けの深き海に、共に入江の島ぞ嬉しき」

波子の説明に、巳沙が和尚の辞世《じせい》の歌まで付け加えた。

それを波子がうっとりと見つめる。同じ同性愛の逸話《いつわ》だから、惹かれるものがあるのだろうか。

釣り人たちを横目に通路を進むと、岩屋の入り口があった。

「富士山の風穴に繋がっているという言い伝えもあるわね」

巳沙が言い、三人は巨大な女性器の形をした洞窟に入っていった。

まずは第一岩屋で、内部の壁面には江ノ島の古い写真などが展示されたギャラリーになっている。一番奥には石仏が安置されていた。

そこを出て、さらに第二岩屋へ向かうと、波打ち際に亀石《かめいし》が見えた。亀が、首を伸ばして沖へ帰っていく姿の石である。

そして第二岩屋に入ると、一番奥の金網越しに何かが突然光り、グオーッという大きな咆哮《ほうこう》が響き渡った。龍の作り物が叫んだのだ。

前に来たことがある波子は、知っているので怖くもないだろうに、甘えるように巳沙に縋《すが》りついていた。

「大した仕掛けじゃないわね」

「でも、洞窟の中に龍がいるというのも象徴的ですね」

巳沙と圭一が言い、やがて三人は岩屋を出た。

「見るところは、これで全部ね」

「あと、ヨットハーバーに向かう途中にモース博士の旧跡があります。大森貝塚を発掘し、海洋生物の研究をしていた」

「そう。それから?」

「その近くに、日露戦争の陸軍大将、児玉源太郎《こだまげんたろう》を祀《まつ》った神社が」

「でも、行くまでもなさそうね。では展望台に上りましょう」

巳沙が言い、三人はまた石段を上り、島の頂上まで戻った。そして植物園を一回りして冷たいものを飲んでから、エレベーターで灯台の展望台に上った。

秋晴れの景色が、三百六十度広がっていた。南は海、遠くに大島《おおしま》が見える。東は稲村《いなむら》ヶ崎《さき》から三浦、房総半島。北には湘南の町々が広がり、西には富士、箱根連山から伊豆半島が臨《のぞ》めた。

「やっぱり、ウラシマ機関は三つの神社の真ん中だわ」

下を見下ろし、巳沙が言う。

確認すると、確かに辺津宮、中津宮、さらに奥津宮のほぼ中心にウラシマの建物が見えていた。

「それは同時に、島の中心でもあるわね」

「ええ、その地下に、日本最大のコンピュータ、乙姫が……。本当に江ノ島は、亀の形をしたUFOなんでしょうか。鎌倉時代に来た……」

「さあ、わからないわ」

巳沙が言い、何も聞いていない波子は、理解不能な表情をしていた。

やがて三人は展望台を下り、ウラシマ機関の保養所に入っていった。今度はマリーもいて、出迎えてくれた。

「お疲れ様。マリー竜崎です」

マリーは、波子にもカードを渡した。そして説明をする。

「救世主……？　私の子、いいえ、孫が……？」

波子は目を丸くし、思わず両隣にいる圭一と巳沙を見た。

「地球を救うための、どんな能力を持っているのです……？」

「それは分からないわ。滅亡の危機は、戦争や自然破壊、あるいは大地震、さまざまな理由が考えられるし、それに対し、救世主がどのような対応をするのかも未知の領域よ」

「ただ、コンピュータが割り出したから……？」

「そう。だから出産まで、一年ばかり協力してもらわないといけないわ。その代わり、その後の生活は保障できるし、どんな夢でも叶えられる」

「私と、巳沙さんの子が結婚……」

波子は、それだけでも乗り気になってきたようだ。どちらの父親も圭一なのであるが。

「わかりました。でも、短大を辞めたくないのですが」

「いいわ。波子さんの場合は近いから、今まで通り短大に通ってもらって構わない。おなかが目立つ頃になったら休学してもらうけれど、少々出席日数が足りなくてもウラシマが何とかするから、ちゃんと再来年《さらいねん》の春には予定どおり卒業できるでしょう」

マリーが言うと、波子は安心したように頷いた。

そして波子は二階の部屋に荷物を置きに行って休み、巳沙も自室で日暮れまで読書するようだった。

「これで三人揃ったわね」

マリーが言い、一人リビングに残った圭一にコーヒーを淹《い》れてくれた。

「河津圭一、長尾巳沙、久慈波子。まさに三すくみだわ」

「そうですね。本当に……」

圭一も答えた。

蛙《かえる》、蛇《へび》、ナメクジが、好物と苦手の三つ巴《どもえ》になり身動きできない状態だ。

この三人も不思議な巡り合わせだった。巳沙は一目で圭一が気に入り、圭一は波子が、波子は巳沙に惹かれたのである。その逆は、どこか苦手意識を持っているのだ。

「そして江ノ島には、三つの神社が……」

圭一は言い、地下にある乙姫や、日本の未来に思いを馳せた。しかし、自分の役目は巳沙と波子を妊娠させるだけなのだった。

5

「来て。あなただけ、先に乙姫に会わせてあげる」

マリーが言い、圭一も彼女についてリビングを出た。廊下に、納戸《なんど》の入り口のようなドアがあり、その鍵を開けて中に入ると、階段になっていた。

圭一が下りはじめると、マリーはもとどおりドアを閉めて施錠し、彼を追い越して先に階段を下った。

階段は狭いが明るく、すぐに下に降り立った。そこは三畳ほどの狭いフロアで、正面に赤い鳥居があった。その向こうはドアだ。

マリーが恭《うやうや》しく拝礼をして鳥居をくぐったので、思わず彼も同じようにした。

ハーフの美女が敬虔《けいけん》に頭を下げるのが、何やらおかしかった。

観音開《かんのんびら》きの戸を開けると、そこは金属製の狭い小部屋。

（エレベーターか……）

古い鳥居の奥に近代的な設備があるのが、これもちぐはぐでおかしかった。

戸を閉めて一つしかないボタンを押すと、小部屋は下降していった。階数の表示がないので分からないが、だいぶ地下へ潜ったようだ。

やがてエレベーターが止まり、マリーはドアを開けて出た。そこは、教室二つ分ぐらいの広いフロアになっていて、中央に巨大な機械が安置されていた。

「これが、乙姫……」

「そう、日本中のあらゆるデータが入っていて、未来を予測するの」

「この中に、僕のデータも？」

「そうよ。私たち機関の人間は、その結果に従うだけ」

マリーが言い、コンピュータに近づいていった。圭一も恐る恐る従い、ふと壁にある窓の外を見ると、そこは海中だった。

「うわ……、まさに、タイやヒラメの舞い踊りだ……。この窓、ダイバーに見つからないの？」

「普段は閉めているわ」

「この建物、ＵＦＯの中……？」

「そうかもしれない。大正《たいしょう》の大震災で島の形が変わったとき、政府の調査機関が発見し、以後、ここを日本の情報の中心にしたの」

「じゃ、機械や設備はあとから作ったものとしても、最初には、ここに何があったんです？」

「何もなかったわ。いたのは、これだけ」

マリーは言いながら、機械の中心部の扉を開けた。

「うわ……！」

圭一は思わず声を上げて立ちすくんだ。

扉の中には、ガラスケースに入れられた、一人の全裸の女性が横たわっていたのだ。

「は、裸弁天……？」

彼は言いながら、女性を観察した。

長い髪にふっくらとした頬、目を閉じて安らかに眠っているような美女は、見た目の年齢では三十前後だろうか。乳房は形良く、股間には楚々とした茂みもあった。

「これが、乙姫……？」

「ええ、我々がオトヒメと呼んでいるものよ。体は衰えないので、眠っているだけ。恐ろしく長い寿命を持つエイリアン。これがコンピュータ内に安置されていると、さまざまな情報がプラスされるの」

未来予測の情報、ということだろうか。しかし、特に乙姫の頭に電極が繋がっているわけではないから、彼女の発する気《き》が、自然にコンピュータに溶け込んでいるのだろう。

「レントゲンは？」

「何も映らなかったわ。解剖《かいぼう》という話も出たけれど、生きているし、こうしてコンピュータの助けにする方を選んだの」

「それにしても、美しい……。誰か、抱いてしまったのかな」

「さあ、分からないわ」

マリーは苦笑し、扉を閉めた。

そして再びエレベーターに乗って地上へ戻り、リビングのソファに座った。

「あの二人とは、うまくやっていけそう？」

「ええ、最初に会ったとき、巳沙さんは少し苦手だったけれど、あんな美女になるとは思わなかったし、波子さんは最初から好みだから」

マリーに言われ、圭一は正直に答えた。もっとも若い男なのだから、どんな相手だって、させてくれるなら有難いのである。

「そう、とにかく妊娠するまで、好きなようにしていいわ」

「まさか、僕は監視されているの？　ザーメンの無駄打ちをしたら咎《とが》められるとか？」

「無駄打ちって？」

「お口に出すとか」

圭一が言うと、マリーは笑った。

「いいのよ。どうせ何度も出来るだろうから気にしなくて。口内《こうない》発射でもアナルセックスでも。命中するのも、また運命なのだから」

マリーの言葉に、圭一は激しく欲情してきた。

「じゃ、またマリーさんとも出来る？」

「ええ、いいわ。今？」

マリーは色っぽい流し目で言い、すぐにも身を寄せてきた。そして彼女は自分から圭一の肩を抱き、唇を重ねてきたのだ。

柔らかな唇が密着し、甘く上品な息の匂いが鼻腔を刺激してきた。

圭一はうっとりと舌をからめ、温かな唾液を味わいながら、甘えるようにマリーに抱きついていった。

そのままソファに仰向けになると、マリーは執拗に唇を押しつけ、唾液を注ぎ込みながら彼のベルトを解き、ズボンと下着を下ろしはじめた。

たちまち下半身が露《あらわ》にされ、彼女はいったん口を離し、自分も裾をめくりあげて下着を脱ぎ去った。

そして屈み込むと、勃起しているペニスをしゃぶり、タップリと唾液で濡らしてくれた。

「ああ……」

圭一は、唐突《とうとつ》な快感に喘ぎ、美女の口の中で温かな唾液にまみれた。

マリーは熱い息を彼の股間に籠もらせ、充分に舌を這わせて吸いつくと、すぐに口を離して跨ごうとした。

「ま、待って……、僕も舐めたい……」

言いながらマリーの手を引っ張ると、すぐに彼女も股間をこちらに移動してくれた。

横になったまま、圭一はマリーに顔を跨いでもらい、下から熟れたワレメにギュッと鼻と口を押しつけていった。柔らかな恥毛の隅々には、懐かしいフェロモンが馥郁《ふくいく》と籠もっていた。

何と言っても、マリーが圭一にとっての最初の女性なのである。

圭一は何度も深呼吸しながら舌を這わせ、陰唇の間から熟れた果肉を探った。すぐにヌラヌラと温かな蜜が溢れ、彼の舌を伝って口に流れ込んできた。圭一はさらに潜り込んで、白く豊かな肛門にも鼻を埋め、淡い汗の匂いを嗅ぎながら舐め回した。

浅く舌を潜り込ませ、滑らかな粘膜を味わってから、彼は再び愛液をすすり、クリトリスに吸いついていった。

「アア……、いい気持ち……。でも、もういいでしょう……？」

彼女は喘ぎながら言い、やがて股間を引き離し、再びペニスに跨ってきた。

そして幹に指を添え、先端を膣口にあてがうと、一気に座り込んできた。たちまちペニスは、ヌルヌルッと根元まで呑み込まれ、心地よい摩擦と温もりに包まれた。

「あぁッ……、いい……」

マリーが顔をのけぞらせて口走り、自らブラウスの胸元を広げて巨乳を露出させてきた。

圭一は締めつけられながら彼女を抱き寄せ、潜り込んで乳首に吸いついた。甘ったるい汗の匂いに鼻腔を刺激され、熟れ肌が覆いかぶさってくると、まるで美しい龍の化身に身体中が呑み込まれたような気になった。

舌で乳首を転がすと、マリーが腰を前後させ、実に心地よい摩擦運動を開始してくれた。

「アアッ……!」

圭一は急激に高まって喘ぎ、下から激しくしがみつきながら、自分もズンズンと股間を突き上げはじめた。たちまち、溢れる愛液が二人の股間をネットリとぬめらせ、クチュクチュと湿った音を立てた。

「あうう……、い、いく……!」

マリーはヒクヒクと熟れ肌を痙攣《けいれん》させて口走り、膣内を収縮させた。

圭一も律動を続け、美女の熱く甘い吐息で胸を満たしながら、あっという間にオルガスムスに達してしまったのだった。

第四章　三すくみの妖しき快感

1

「助けて、圭一。この子がしつこいのよ」

巳沙が、いつの間にか彼を呼び捨てにしながら部屋に闖入《ちんにゅう》してきた。すぐあとから、波子も入ってきた。

二人とも、ここで用意されたネグリジェ姿である。

「どうしたんです……」

圭一は、ベッドから起き上がって言った。

もう夕食と入浴も終え、圭一は自室で横になりながら、今夜はどちらを抱けるかなどと考えていたところだった。

まだ夜の九時前。当然眠くはないし、まして圭一は夕方まで昼寝したのだ。だから、いかに午前中に波子と二回、昼過ぎにマリーと一回射精したとしても、今はすっかり回復していたのだった。

「この子が、どうしても一緒に寝たいって。だから私は、圭一と一緒ならいいって言ったの」

巳沙が言い、勝手に彼のベッドに横になってきた。すると波子も一緒になって寝て、背後から巳沙にしがみついていった。ベッドはダブルだから充分にスペースはあるが、それでも三人となるとそれぞれが密着した。

「この子じゃなく、波子って呼んでください。巳沙お姉様」

波子が、すっかり大胆に巳沙にすり寄っていた。何しろ、このために波子は圭一に我慢して抱かれたのである。

「ああ、うざったい。女同士なんてまっぴらだわ……」

巳沙が圭一の方へと避けてくるので、とうとう落ちそうになった彼はベッドから下りた。

「巳沙さん、波子さんの好きにさせてあげたら、あとで僕に何をしてもいいですから」

圭一が言うと、巳沙は顔を輝かせた。

「本当……？　それなら、十五分ぐらい我慢できるかも……」

巳沙が言い、拒む力をゆるめた。

「圭一さん、有難う……」

波子が答え、すぐにも彼女はネグリジェを脱ぎ去った。下には何も着《つ》けておらず、全裸の柔肌がうっすらと汗ばみはじめていた。

そして波子は、巳沙のネグリジェも脱がせにかかった。巳沙も僅かな間の辛抱と思ったか、従容と身を投げ出していた。

圭一はパジャマ姿で椅子に腰掛け、そんな二人の様子を見守った。

たちまち巳沙も一糸まとわぬ姿にさせられ、眼鏡も外して枕元に置かれた。

そして波子は興奮と感激に頬を染めながら、上からピッタリと巳沙に唇を重ねていったのである。

「ク……、ンンッ……！」

巳沙が眉をひそめ、嫌そうに呻いた。

波子は嬉々として口を押しつけ、巳沙のオッパイに手を這わせはじめた。

どうやら波子の舌も潜り込み、巳沙はようやく前歯を開いて受け入れてしまったようだった。

女同士のディープキスは、何と艶《なま》めかしい眺めだろう。

巳沙も次第に慣れてきたように、強《こわ》ばっていた表情を和らげていった。

ようやく波子も気が済んだように唇を離し、巳沙の乳首に吸いついた。

「あぁッ……！」

巳沙は声を上げ、やはりおぞましげに顔をしかめた。

波子は激しく息を弾ませ、憧れの美女のフェロモンを嗅ぎながら、もう片方も含んで吸い、しきりに舌を這わせていた。

そして肌を舐め下り、とうとう巳沙を大股開きにさせ、その中心に波子は腹這いになって顔を寄せていった。

「とっても綺麗です。女の人って、こうなっているんですね……」

波子が、そっと指で陰唇を広げ、中を覗き込みながら言った。どうやら自分のワレメすら、鏡でろくに見たことがないらしい。

「ああ……、いやよ、やめて……」

視線と息を感じながら、巳沙が声を震わせて言った。やはり同性だと、それほどの興奮は湧かないらしい。

やがて波子が茂みの丘に鼻を埋め、ワレメに口づけした。同時に、巳沙の内腿と下腹が、身構えるようにビクッと震えた。

「なんて、いい匂い……」

波子が、うっとりと言いながら舌を這わせはじめた。

「アアッ……、ダメ……」

巳沙が下腹を波打たせて喘ぎ、次第に波子は子猫がミルクでも舐めるように、ピチャピチャと音を立てはじめていた。

見ていた圭一は激しく興奮し、いつ参加しようかと思いながら、自分もパジャマを脱いで全裸になってしまった。もちろん、すぐにも割り込んでいきたいが、今しばらく、女同士のカラミを観察したい気もした。何しろ、滅多に見られない光景なのである。

やはり女同士だと、快感のポイントも分かるのだろう。波子は周囲から攻め、いつしか自分が最も感じるクリトリスに舌先を集中させはじめた。

「あうう……、やめて、よく平気ね。女同士で舐めるなんて……」

巳沙が喘ぎながら言ったが、否応なく感じて身悶えはじめていた。そしてオルガスムスが近いらしく、痙攣《けいれん》の度合いが激しくなっていった。

「も、もうダメ……、ああーッ……！」

巳沙が、とうとう身をのけぞらせた。同性の愛撫で不本意ながらも絶頂の波に巻き込まれてしまったようだ。

やがて彼女がグッタリとなると、波子は身を起こした。

「ね、私にも……」

「い、いやよ、舐めるなんて、絶対に……」

言われて、巳沙は荒い呼吸を繰り返しながら、力なく言った。

「じゃ、こうするわ……」

波子も深追いせず、巳沙に股間を合わせていった。互いの脚を交差させ、まるで二本の松葉を引っ張り合うように股間同士を密着させた。

「アア……、いい気持ち……」

波子が巳沙の片方の脚にしがみつきながら、グリグリと股間を動かした。濡れたワレメ同士がこすれ合い、まるで吸盤《きゅうばん》のように吸いつき合ってクチュクチュと音を立てた。

「ああ……、き、気持ち悪いわ……」

余韻に浸っていた巳沙が眉をひそめて言い、それでも同性ということを忘れてしまえば、相当に感じているようだった。やがて波子も小さな絶頂の波を感じたらしく、喘ぎながらヒクヒクと肌を震わせた。

そして動きが止まると静かになり、二人の荒い呼吸だけが聞こえていた。波子は股間を引き離し、ノロノロと移動して、甘えるように巳沙に腕枕され、身体をくっつけていった。

そこではじめて圭一は動き、ベッドに上がって二人の足の方に近づいた。

まずうっとりしている波子の足の裏を舐め、ジットリ汗ばんでいる指の股に鼻を埋めて嗅いだ。波子は夕食前に入浴したようだが、もともと分泌液が多いからフェロモンも濃い。

圭一は両足とも、全ての指を舐め回してから、隣の巳沙の足裏にも顔を押し当てていった。

巳沙は、相変わらず風呂など面倒がる方なので、今日はまだ入っていないようだ。だから波子以上に指の股には悩ましい匂いが籠もり、彼はうっすらとしょっぱい指の間を念入りにしゃぶり尽くした。

そして二人の脚を舐め上げ、先に波子の股間へと向かっていった。

二人とも身を投げ出し、今は圭一が何をしようとも、子猫がじゃれつくほどにも気にならないようだった。

波子を大股開きにしてワレメを見ると、こすりつけ合ったときの名残《なごり》で、二人のミックスされた愛液で内腿の方まで濡れていた。

圭一は柔らかな若草に鼻を埋め込み、甘ったるい汗の匂いを嗅ぎながら舌を這わせた。表面は二人分の混じった蜜だが、奥からは新たな愛液がどんどん溢れてきた。

波子も、巳沙に舐めてもらいたかったが果たせなかったせいか、圭一が舐めても嫌がらずじっとしていた。

ネットリとした淡い酸味のある蜜が彼の舌を濡らし、柔肉が艶《なま》めかしく収縮した。

膣口周辺の襞を舐め、クリトリスまでたどっていくと、

「アアッ……！」

波子が喘ぎ、ギュッと巳沙の胸に顔を埋めた。

圭一は波子の蜜をすすり、お尻の谷間にも鼻を埋め込んでいった。そこは淡い汗の匂いしか感じられず残念だった。舌先でツボミを舐め回し、内部のヌルッとした粘膜まで味わってから、彼は巳沙の股間の方に移動していった。

こちらも新たな蜜が溢れ、はみ出した陰唇が興奮に色づいていた。圭一は柔肉を舐め、波子と似たような味わいの蜜をすすり、クリトリスを舐め回した。

「ああ……、いい気持ち……」

巳沙は、波子に舐められたときより激しい反応を示し、甘ったるい濃厚なフェロモンを漂わせてくる。

圭一は巳沙の肛門も舐め、内部まで念入りに舌を這わせた。こちらも生々しい匂いはなく、彼は物足りない思いで再びクリトリスに舌を戻した。

「ああ……、圭一、下になって。好きにしたいわ……」

やがて巳沙が言い、身を起こしながら彼を仰向けにさせていった。

2

「じゃ、私はお部屋に戻るわ……」

波子が言って身を起こそうとした。巳沙と圭一が本格的に始まるとなると、もう自分には用がないと思ったのだろう。

「待って。一緒に彼を気持ち良くさせるのよ。その方が悦《よろこ》ぶわ」

巳沙が言い、波子を引き留めた。

圭一も、二人がかりの愛撫を望んでいたから、願ってもない提案で巳沙に感謝した。そして波子も、巳沙の命令には逆らえず腰を据えてくれた。

「こうして。私と同じように」

巳沙は言い、仰向けになった圭一を二人で挟みつけるように密着してきた。

彼女は上からピッタリと圭一に唇を重ね、ヌルッと舌を潜り込ませた。すると波子も言われたとおり、割り込むようにして唇を押しつけてくれた。

「く……」

圭一は、夢のような感激に呻き、同時に二人の唇を感じた。

右側からは巳沙が、左側からは波子が唇を重ね、混じり合った甘酸っぱい息が馥郁《ふくいく》と彼の鼻腔を掻き回した。

三人同時のキスだから、女同士の唇も触れ合っているが、波子はもちろん平気だし、巳沙も興奮で気にならなくなっているようだった。

二人とも争うように舌を伸ばし、圭一の舌を舐め回した。特に波子は、圭一ではなく巳沙の舌を舐めたいようだ。

ミックスされた唾液が、トロトロと生温かく口に注がれ、心地よく圭一の口の中を這い回った。多くの小泡も弾けて芳香が満ち、飲み込むたびに甘美な悦びが全身に染み渡っていった。

「もっと出して……」

舌を舐め合いながら言うと、巳沙がことさら多く注いでくれた。波子はもともとジューシーだが、巳沙に習ってさらに垂らしてきた。

圭一は美女と美少女の唾液にすっかり酔いしれ、さらに顔中を二人の口にこすりつけた。

すると二人は舌を伸ばし、彼の顔中を舐め回してくれた。右半分は巳沙が、左は波子が舐めた。左右それぞれの鼻の穴から、巳沙と波子の甘酸っぱい吐息が侵入し、体の内部で混じり合って肺を満たした。

二人とも唾液を垂らしては舌で塗りつけてくれ、たちまち圭一の顔中は生温かな唾液に美顔パックされたようになった。

やがて巳沙が耳を舐めると、波子も反対側を同じようにした。同時に舌先が耳の穴に入って蠢《うごめ》くと、聞こえるのはクチュクチュという湿った音と息遣いだけで、何とも妖しく官能的な世界に包み込まれたようだった。

そして二人は彼の首筋を舐め下り、両の乳首に吸いついてきた。

「あぁッ……！」

首筋も乳首も激しく感じ、圭一は声を上げて身悶えた。やはり相手が二人だと快感も倍加されるようだった。

二人の熱い息が肌をくすぐり、チロチロと舐め回す非対称の舌の動きが堪らなく心地よかった。しかも巳沙がカリッと歯を立てると、波子もそっと嚙んでくれたのだ。

「アア……、もっと強く……」

圭一は果てそうな勢いで身悶えながら口走り、さらなる甘美な刺激を求めた。

二人が力を込めると、彼はとてもじっとしていられないほどの快感を覚え、屹《きっ》立《りっ》したペニスをヒクヒクと上下させた。

巳沙が肌を舐め下りると波子も移動し、やがて二人は下腹から腰骨、太腿へと下降していった。

足首まで行くと、巳沙はためらいなく足裏を舐めてくれ、波子も同じようにした。そして爪先をしゃぶられ、指の間にヌルッと舌が割り込むと、ダブルなだけに申し訳ないような快感が彼を包んだ。

巳沙は、また顎の骨でも外れたかのように喉の奥まで深々と呑み込んできたが、さすがに波子は同じような真似は出来ず、せいぜい小さな口に五指を含んで吸っただけだった。

やがて巳沙が口を離し、脚を舐め上げてくると、波子もほっとしたように口を離し、舌で這い上がってきた。

内腿を舐められ、熱い息がついに股間に近づいてくると、快感への激しい期待に身体が震えた。

先に巳沙が陰嚢に舌を這わせると、波子も頬を寄せ合うようにして舐めはじめた。二つの睾丸がそれぞれの舌で転がされ、たちまち袋全体が温かな唾液にまみれた。

さらに巳沙は彼の両脚を浮かせて肛門にも舌を這わせ、ヌルッと押し込んできた。圭一は思わずキュッと肛門を締めつけ、唾液に濡れた柔らかな美女の舌を感じた。

巳沙が口を離すと、波子はあまり気が進まないようだが、それでも巳沙の唾液の痕をたどるように舐めてくれた。

「ちゃんとベロを入れてあげて」

巳沙が覗き込みながら言うと、波子も舌先をヌルリと潜り込ませてきた。

「あう……」

圭一は快感に呻き、美少女の舌を肛門で締めつけた。何やら下から熱い息が身体の中に吹き込まれるような快感だった。

波子が舌を引き抜くと、圭一は脚を下ろした。

いよいよ、巳沙が彼のペニスに顔を寄せてきた。長い舌を伸ばし、根元から裏側をたどり、ペロッと先端まで舐め上げた。

「アア……」

圭一は快感に喘ぎ、巳沙の鼻先でヒクヒクとペニスを震わせた。

続いて波子も同じように、まるでソフトクリームでも舐めるように舌を這わせてきた。

二人の舌の感触は微妙に違っていた。巳沙は何しろ長く滑らかな舌で、波子はタップリと唾液にまみれて柔らかだった。

やがて二人は顔を突き合わせ、同時に舐めはじめた。張りつめた亀頭をしゃぶり、尿道口から滲《にじ》む粘液が舐め取られた。混じり合った熱い吐息が、圭一の恥毛をくすぐり、ミックスされた唾液がペニス全体を浸してきた。

何やら二人がかりでフェラチオされていると言うより、女同士のディープキスの間にペニスが割り込んでいるようだった。

巳沙が喉の奥まで呑み込み、チューッと強く吸いつきながらスポンと口を離すと、今度は波子が同じように吸い、チュパッと軽やかに引き抜いた。

口の中の温もりも舌の蠢きも、やはり微妙に違い、それが彼を高まらせた。

「い、いきそう……」

限界が近づき、圭一は口走った。

このまま二人の口に出すのも最高だろうが、挿入して命中させねばならないという役目もある。すると、巳沙もそれを思ったか、すぐに身を起こしてきた。

「二人で飲みたいけれど、今は中でいってほしいわ……」

巳沙は言い、ペニスに跨ってきた。

そして幹に指を添え、先端を膣口にあてがいながら、女上位でゆっくりと腰を沈み込ませていった。

「ああーッ……！」

ヌルヌルッと一気に根元まで受け入れると、巳沙が声を上げてキュッと締めつけてきた。圭一も心地よい肉襞の摩擦に息を詰め、深々と呑み込まれながら美女の温もりと感触を味わった。

巳沙は股間を密着させ、すぐにも身を重ねてきた。

「気持ちいいの？　お姉様……」

「そうよ、女同士なんかより、ずっと……」

波子が囁くと、巳沙は喘ぎながら答えた。早くも巳沙は、挿入による快感を存分に味わいはじめていた。

すぐに果てると勿体《もったい》ないので、圭一はまだ動かず、顔を潜り込ませるようにして巳沙の乳首を吸った。さらに隣の波子も添い寝させ、可愛らしいオッパイに顔を埋めて乳首を舐めた。

「ああん……」

波子が喘ぎ、甘酸っぱい息と甘ったるい汗の匂いを揺らめかせた。

さらに圭一は下から巳沙の唇を求め、波子の顔も引き寄せた。再び三人同時に舌をからめると、唾液と吐息の刺激が直接ペニスに伝わってきた。

圭一は激しく高まりながら、ズンズンと股間を突き上げはじめた。

「ンンッ……！」

巳沙が彼の舌に吸いつきながら呻き、自分からも腰を動かしてきた。大量に溢れる愛液がピチャクチャと鳴り、陰嚢から内腿までベットリと濡らした。

圭一は次第に勢いをつけて律動しながら、巳沙と波子の唾液を飲み、かぐわしいミックス吐息フェロモンで鼻腔を満たした。

たちまち大きな絶頂の波が押し寄せ、溶けてしまいそうな快感とともに、彼はどこまでも押し流されていった。

「アァッ……！　いく……」

圭一は口走り、動きながら巳沙の柔肉の奥に向け、熱いザーメンをドクンドクンと勢いよく放った。

「ああ……、感じる……」

噴出の熱さに巳沙も喘ぎ、飲み込むようにキュッキュッと膣内を収縮させた。

圭一は最後の一滴まで心おきなく絞り尽くし、二人の匂いと温もりに包まれながら、うっとりと快感の余韻に浸り込むのだった。

3

「何だか、三人だけの修学旅行みたいね……」

湯に浸かりながら、巳沙が言った。

三人で、階下のバスルームに来ていたのだった。マリーは、三人の行動には全く関知せず自由にさせてくれ、自室から顔も出さなかった。

巳沙は今日最初の入浴だろう。波子も汗を流し、さっぱりしたようだった。

「お部屋に戻ったら、今度は波子が入れてもらうのよ」

巳沙が言い、少し残酷そうな笑みを浮かべた。巳沙は、昼間圭一が波子を抱いたことを知らず、まだ処女だと思っているのだろう。

「もう一回ぐらい出来るわよね、圭一」

「ええ……」

巳沙に言われ、圭一は頷いたが、もう一回奮い立たせるには二人の協力が必要だった。

「どうしたの。もう元気はない？」

「いいえ、大丈夫です。でもその前に、してほしいことが」

「いいわ、何でも言って。私も波子も、どんなことでも言うことを聞くわ」

巳沙が言うので、圭一は期待したが、波子は不安げだった。

「じゃ、二人並んでお尻を向けて」

圭一は言い、二人を湯から上がらせ、バスタブのふちに両手で摑まらせ、お尻を突き出させた。彼はバスマットに座り込み、目の前に並んだお尻を眺めた。

良い眺めである。白く滑らかなお尻が、どちらも湯に上気し、艶《つや》っぽく色づいていた。

「ああン……」

圭一はそれぞれのお尻に顔を埋め、可憐なピンクの肛門を舐め回した。

波子が声を洩らし、クネクネとお尻を動かした。巳沙も刺激に反応して息を詰め、真下のワレメからは新たな蜜を湧き出させはじめたようだ。

圭一は二人のツボミを交互に舐め、充分にぬめらせながら、左右の人差し指でワレメをいじった。そして指が濡れると顔を離し、二人の肛門に人差し指をヌルッと押し込んでいった。

「く……！」

「アアッ……！」

二人は声を洩らし、拒むようにキュッと肛門を締めつけてきた。

「痛い？　無理なら止《や》めるけれど」

「平気よ。もっと奥まで入れて……」

圭一の問いかけに巳沙が答えた。そうなると、当然ながら波子も拒めなくなってしまったようだ。

彼は遠慮なく、ズブズブと指を根元まで押し込んでいった。

さすがにどちらも狭く、内壁は思っていたほどベタつきはなく、むしろ滑らかだった。

完全に奥まで押し込むと、圭一は左右の親指を濡れた膣口に差し入れた。

まるで両手で、柔らかなボーリングの球でも摑んでいるようだった。

奥で指をクネクネ蠢かせると、膣内と直腸の間のお肉は案外薄く、それぞれの指の動きが伝わってきた。強く爪を立てれば、プチンと貫通してしまいそうにさえ思える。

「ああ……、もっと出し入れしてみて。なんか変な感じ……」

巳沙がバスタブのふちに摑まりながら、息を詰めて言う。

圭一は出し入れするようにクチュクチュと動かした。もちろん波子の肛門にも同じことをしている。

「あうう……、ダメ、痛いわ。出ちゃいそう……」

波子が弱音を吐いたが、美少女の排泄物だから出たって構わない。ましてバスルームだから簡単に洗い流せるだろう。

やがて充分に内部を探ってから、彼は両の人差し指をそれぞれの肛門からヌルリと引き抜いた。

「あう！」

波子が呻き、僅かにレモンの先端のようにお肉を盛り上げた肛門も、徐々に元の可憐なツボミに戻っていった。

そして指が抜かれると同時に、便意らしきものも消え去ったようだ。やはりそれは異物感による錯覚だったのだろう。

二人は力尽きたように、ぺたりと座り込んできた。

圭一は、左右の人差し指を嗅いだ。汚れの付着はなく、爪に曇りもないが、それぞれの生々しく秘めやかな刺激臭がはっきりと感じられ、彼は激しく勃起していった。

「あん、ダメ……！」

嗅いでいる圭一に気づき、波子が言いながら指を湯で洗ってしまった。

「ね、こうして立って」

二人の匂いをシッカリ覚えた圭一は慌てず、次の要求をした。

「今度は何をさせるの……」

巳沙が、好奇心に眼をキラキラさせて言い、座ったまま圭一は二人を自分の両側に立たせ、左右の肩を跨がせた。

「このまま、オシッコしてみて……」

恥ずかしい要求に、ペニスは完全に元の大きさを取り戻していた。

「まあ、浴びたいの……？」

「うん」

「いいわ、波子と一緒なら恥ずかしくないから……」

巳沙が言い、それで波子もそうすることが決定してしまった。

圭一は肩を跨いで立っている二人の脚を抱え込み、左右それぞれに迫っている股間に顔を埋めた。濡れた恥毛の隅々にはもう湯上がりの匂いしか感じられないが、ワレメを舐めると新たな蜜の酸味が微かに舌を濡らしてきた。

「ああ……、出そう。でも先に波子が出して……」

「そ、そんな、出ません。こんな格好で……」

「早くしないと、もう私には触れさせないわよ」

「ああん……」

巳沙に言われ、波子も本気で尿意を高めはじめた。それぞれの下腹がヒクヒクと波打ち、ワレメ内部の柔肉が迫《せ》り出すように妖しく蠢いた。

やがて、ようやく波子の尿道口がゆるんできたようだ。

「で、出ちゃう……、いいの？　本当に、このまま……」

切れ切れに言いながら、とうとう波子はワレメからチョロッと水流をほとばしらせた。

「アア……！」

出してから、慌てて止めようとしたようだが、もう勢いがついて止まらなくなったようだ。それはチョロチョロとゆるやかな放物線を描き、彼の頬を直撃してきた。

顔を向けて舌に受けると、生ぬるい流れが口の中に入ってきた。溢れた分が心地よく肌を伝い流れ、勃起したペニスを温かく浸した。味も匂いも淡く、やはり美少女から出るものは上品で美味しいと思った。

「波子ばかりじゃなく、私のも飲んで……、ああッ……！」

巳沙が言い、続いて勢いよく熱いオシッコをほとばしらせてきた。

圭一はそれも受け止め、味と匂いに酔いしれながら喉に流し込んだ。

しかしどちらもあまり溜まっていなかったようで、先に波子が、続いて巳沙の流れも治まってしまった。

彼はそれぞれのワレメを舐め、中に溜まった余りをすすった。しかしたちまち溢れる愛液のヌラつきの方が多くなってきた。

「も、もうダメ……」

膝をガクガク震わせていた波子が言い、刺激に立っていられなくなってクタクタと座り込んできた。

それを抱きとめ、圭一は屹立したペニスを肌に押しつけた。

「ここでしてしまうといいわ。こうして……」

すると巳沙が彼の背後に回り、圭一を寄りかからせてくれた。そして波子にはペニスを跨がせ、股間を合わせてしゃがみ込ませた。

女上位とも違い、座ったまま向かい合わせの交接だった。

圭一は先端をあてがい、充分に濡れている波子のワレメにヌルッと挿入して抱きすくめた。

「ああッ……！」

波子も正面から胸を合わせ、圭一にしがみついてきた。中は熱く濡れ、キュッとペニスがきつく締めつけられた。

圭一は波子を抱きながら股間を突き上げた。背後からは巳沙がピッタリと密着し、身体を支えてくれている。ちょうど座ったまま、彼は美女たちにサンドイッチにされた感じだ。

背中では巳沙のオッパイが心地よく弾み、腰には湯に濡れた茂みとコリコリする恥骨の膨らみが感じられた。まるで、座ったまま巳沙を背負い、正面から波子を抱きすくめた形だった。何やら、抱き合う女同士の間に割り込んだようだ。

肩越しには巳沙の甘い吐息が感じられ、正面からは波子の可愛らしい果実臭のする息が惜しみなく与えられた。

しかも波子が、圭一の背後にいる巳沙の唇を求めてきたのだ。

横を向くと、すぐ近くで美女と美少女が舌をからめている。圭一も参加して、混じり合った唾液と吐息を味わいながら舌を割り込ませていった。その間も股間を突き上げ、小柄な波子の身体を上下に動かしていた。

たちまち心地よい摩擦快感に包まれ、圭一はいくらも我慢できずオルガスムスに達してしまった。

やはり相手が二人だと、絶頂も倍の早さで来てしまうようだ。

「ク……！」

呻きながら、圭一は必死に二人の舌を舐め、唾液をすすって絶頂の快感を味わった。そしてありったけの熱いザーメンを波子の柔肉の奥に注入し、最後の一滴まで出し尽くしたのだった。

「ンンッ……！」

その刺激に波子も巳沙の舌を吸いながら呻き、ガクガクと汗ばんだ肌を痙攣《けいれん》させた。どうやら三人が揃うと、巳沙も波子も急激な性感の開発がなされるようで、次回には完全な挿入快感によるオルガスムスを得てしまいそうだった。

圭一は動きを止め、前後から彼女たちに挟まれながら、いつまでもうっとりと余韻に浸り込むのだった。

4

「では、圭一君。留守番お願いね」

翌朝、朝食を終えるとマリーが言い、三人は出て行ってしまった。波子は短大へ、巳沙は図書館へ。そしてマリーは二人を車で送るついでに、いったん東京へ戻って何か用事を済ませてから戻ってくるようだった。

圭一は三人を送り出し、リビングでテレビを見ながらノンビリした。

どうせ、彼一人残っているので、巳沙が一番先に帰ってくるだろう。

とにかく圭一の役目は、日に二回、つまり巳沙と波子に一回ずつ膣内射精をするだけで、それ以外は自由なのだ。余力があれば口内発射でもアナルセックスでもすればいいし、たまにはマリーを好きにしてもいい。

日中の行動も自由だから、どこへ出かけても構わないのだろう。

しかし外出するのも億劫《おっくう》なので、彼はソファに寝転び、テレビで朝のワイドショーなどを見ていた。

来年、東大に入ったら親や友人、高校時代の担任の教師も驚くだろう。いや、驚くどころか不審に思うに違いない。しかし入ったものは仕方がない、受けたら合格してしまったと突っぱねるしかないだろう。

あるいは東大でなく、他に興味のある大学でもいい。とにかく来春までに、自分のやりたいことを見つけようと彼は思った。

しかし今は、ひたすらセックスすればいいのだから気楽なものである。日に何度しても構わないし、相手のバリエーションもあるから飽きることがない。

まず巳沙か波子のどちらかが妊娠し、ウラシマ機関の医学の粋を駆使して早期に性別を判別するだろう。そしてもう一人が、違う性の子を妊娠するまで、圭一の役目は終わらないのだ。

もし同じ性の子だったら、どちらかは処分されてしまうのかもしれない。そう悠長に待っているわけにもいかないのだろう。

だが、それらは先の問題だ。今の圭一はとにかく優雅な生活の中、ひたすら性欲を研ぎ澄まして二人を抱けばいいのだった。

（それにしても、退屈だな……）

圭一は伸びをした。かつては、バイト以外の時はアパートで一人でくすぶっていたくせに、女性に囲まれた生活をしていると、たまに一人になるとすることがなくて困る。

彼は起き上がり、用意されていたジャージ姿でリビングを出た。

しかし、オナニーしてしまうわけにはいかない。洗面所へ行けば、誰かの下着ぐらいはあるだろうし、巳沙や波子の部屋も施錠されていないのだから、フェロモンを求めて彼女たちのベッドに寝転がることも出来る。しかし、どうせなら生身を相手にして射精しなければ勿体なかった。

彼はふと、マリーに案内された地下への入り口を見に行ってみた。

なんの変哲もない、納戸の扉のような目立たないドアである。

しかし、そこは施錠されていなかったのだ。

（うわ……、入れる……）

圭一はドアを開け、恐る恐る中に入ってしまった。もう一度、この世のものとは思えない美しさを持った乙姫の寝顔を見たかったのだ。何しろ今、同じ屋根の下にいるのは圭一と乙姫だけなのである。

救世主の祖父になるのだから、少々勝手な行動をしても叱られないだろう。それに少し乙姫を見るだけなのだ。

彼は階段を下り、赤い鳥居に一礼し、奥の観音開きの扉を開けて入った。ボタンを押すと、エレベーターが急速に下降していった。

地下何十メートルまで下りただろう。彼は江ノ島の地下にある、近代的な施設の中に入った。

目の前には、オトヒメと呼ばれる巨大なコンピュータがあった。日本最大と言われているのに、マリー以外の誰もいないのは不思議だったが、あるいは都内のどこかと連動しているのかもしれない。

無数のランプが明滅し、多くのケーブルが血管のように入り乱れている。

圭一は迂回《うかい》し、マリーに案内された場所へと行ってみた。

（確か、このレバーだった……）

マリーが操作した装置をうろ覚えでいじってみると、ビルのようにそびえ立つコンピュータの側面にあるシャッターが、上へとスライドしていった。

中に、前に見たように全裸の乙姫が眠っていた。

（なんて、美しい……）

　圭一は、ガラスの棺桶《かんおけ》のようなケースに横たわっている乙姫を見つめた。

　すると、何と、そのケースの表面までが音もなくスライドし、開いてしまったではないか。

「うわ……！」

　思わず彼は声を洩らして身じろいだ。

　ガラスケースが開くと同時に、今まで中に籠もっていたであろう、得も言われぬ甘い芳香が流れ出した。これが、乙姫のフェロモンなのだろうか。

　しかし、ケースが開いても乙姫はピクリとも動かない。

　恐る恐る近づいてみると、さらに甘い芳香が濃く感じられた。

　これは、人だろうか。人の形をしたエイリアンだろうか。

　オッパイの起伏は小さく、そっと鼻の先に手のひらを当ててみたが、呼吸はしていなかった。しかし顔を寄せて観察すると、どこからどこまで人間と同じ、睫《まつ》毛《げ》から爪、指紋まで人そのものだった。

　肌は透けるように色白で、僅かに色っぽい腋毛《わきげ》も見受けられた。

　そっと腕に触れてみると、柔らかく温もりがある。人形ではなく、また死んでもいないことも分かった。

肌の表面には、うっすらと毛細血管も見える。しかし、血が脈打っている感じはしないから、これらは全て、地球人を欺くために装っているだけなのかもしれない。

「乙姫様。ごめんなさい。触りますよ……」

圭一は小さく声をかけながら身を乗り出し、そっと彼女の頰に触れた。柔らかく、瑞々《みずみず》しい感触である。

瞼《まぶた》を開いてみると、ちゃんと眼球があった。黒目はこちらを見ていないし、医者ではないから瞳孔《どうこう》の反応なども分からない。しかし目玉があるということは、いつか目覚めて物を見るということだろうか。

桜色の艶《つや》のある唇をめくってみると、ヌラリとした光沢のある白い歯並びが覗いた。この分なら、奥に舌もあるのだろう。

思い切って、めくれた唇に鼻を押しつけてみると、ほんの微《かす》かに、唾液らしい甘酸っぱい匂いが感じられた。しかし息をしていないので、さらなるフェロモンは望めそうになかった。

腕を持ち上げ、今までケースの床に触れていた部分を見てみたが、変色や床ずれなどはないようだ。江島縁起に書かれているように、一夜にして島が出来たと言われる欽明天皇の時代から、ずっとこのままだったとしたら、もう千五百年近くも眠っていることになる。

圭一は、甘い匂いに誘われ、とうとう唇を重ねてしまった。そして舌を差し入れ、綺麗な歯並びを左右にたどった。

もちろん乙姫の反応はなく、睫毛一つ動くことはなかった。

しかし死体や人形ではない。この温もりとフェロモンが何よりの証拠だ。

圭一は激しく興奮し、さらにピンクの乳首に吸いつき、膨らみに顔を押しつけていった。

柔らかな張りと弾力が感じられた。しかし、心臓の鼓動はない。軽く噛んでみても、もちろん一切の反応はなかった。

左右の乳首を舐めてから、艶めかしい腋毛のある腋の下に顔を埋めると、さらに心酔わす芳香が鼻腔を掻き回してきた。

滑らかな肌を舐め下り、太腿から膝小僧までいくと、やはり骨格は普通にあることが分かった。

足の指の間に鼻を埋めても、腋と同じ甘い匂いがするだけだ。歩かず、汗ばむことがないのだから仕方がないかもしれない。

やがて彼は乙姫の両膝を全開にさせ、その中心に腹這いになり、中心部に向かって顔を進めていった。

5

（ここも、まったく人間の女性と同じ……）

圭一は、乙姫のワレメを見て思った。それなのに、レントゲンに何も映らないというのは、やはり外見だけ人間に似せているのだろうか。

彼はそっと指を当て、はみ出した花びらを左右に開いてみた。

黒々とした恥毛の生え具合、ワレメと陰唇の形と色、クリトリスの大きさ、膣口の様子など、どれも完璧な調和があって美しいものだった。しかも、ポッンとした尿道口まであるのだ。

それなのに乙姫は、この千五百年、一切の排泄はしていないらしい。何も口にせず呼吸もしていないのだから無理もないが、それでも肌の温もり、ワレメの奥のうっすらとした湿り気は生きた女体そのものだった。

髪や爪も、昔のままで伸びていないのだろう。

圭一は顔を埋め込み、柔らかな茂みに鼻をこすりつけて嗅いだ。やはり、甘い匂いが感じられた。

舌を潜り込ませ、内部をクチュクチュ舐め回すと、柔肉や襞の舌触りは全く生身の女性と一緒だった。

クリトリスを舐め上げても、乙姫の反応はなかった。

さらに両脚を浮かせ、お尻の谷間にも鼻を押しつけていった。排泄もしていない可憐な薄桃色の肛門が、キュッと閉じられていた。匂いも特にない。彼は細かな襞が引き締まっているツボミを舐め回した。

充分に舐めてから口を離し、左手の人差し指を、ズブズブと肛門に差し入れてみた。きついが、指は奥まで入っていった。内壁は滑らかで、これも生身の女性のものと同じ感触である。

指を入れても、乙姫の表情は変わらない。

この直腸は、どこまで続いているのだろう。人と同じ臓器を通って口に通じているのなら、ちゃんとレントゲンに映るはずである。

指を引き抜いて嗅いでみたが、匂いはなく、もちろん付着物もなかった。

次に、右手の指を膣内に入れてみた。肛門に入れた同じ指を使わないのは、いかに排泄をしない乙姫でも、最低限の礼儀というものだろう。

膣内の潤いと温もりも、やはり生身の女体と同じだった。ちゃんと天井には心地よいヒダヒダやGスポットの膨らみもある。

指を引き抜くと、圭一はどうにも乙姫に挿入したくなってしまった。

彼は手早くジャージ上下と下着を脱ぎ去り、彼女の股間に身を割り込ませていった。股間を押し進め、先端をワレメにこすりつけた。

グイッと腰を沈めると、張りつめた亀頭がヌルリと潜り込んだ。

「ああ……」

何という快感だろう。

圭一は喘ぎ、滑らかな肉襞の摩擦に包まれながら、ヌルヌルと根元まで吸い込まれていった。

完全に股間が密着すると、圭一はそろそろと脚を伸ばして身を重ね、乙姫の肩に腕を回してシッカリと抱きすくめた。中は熱く濡れ、心なしか膣内がキュッと締まったように感じられた。

圭一は徐々に勢いをつけて腰を突き動かしながら、乙姫に再び唇を重ねた。そして舌を潜り込ませ、唇の内側から歯並びを舐め、急激に高まっていった。

すると、そのときである。

いきなり乙姫の前歯が開き、甘い香りとともに圭一の舌がチュッと吸われた。

「ウ……！」

驚いて呻いたが、舌は強く吸われて引き離せない。

見ると、彼女の長い睫毛が開かれ、薄目で彼を見上げていた。さらに乙姫の両手と両脚が動いてから みつき、圭一の全身に下からきつくしがみついてきたのである。

いつしか、ガラスケースがスライドしてピッタリと閉まっていた。

閉じ込められた圭一は戦慄《せんりつ》しながらも、甘い匂いに酔いしれ、激しい腰の動きが止まらなくなっていた。

そのうえ、機械そのもののシャッターも閉じられ、ケースの中は漆黒《しっこく》の闇に閉ざされた。

（うわ……！）

圭一は恐怖に身悶えながらも、激しい絶頂の快感に貫かれていった。乙姫も下からズンズンと股間を突き上げて動きを合わせ、キュッキュッと心地よく膣内を収縮させていた。

何も見えない狭い空間で、彼はありったけの熱いザーメンを乙姫の内部にほとばしらせた。

すると、さらに異変が起こった。

闇だから何が起きているか分からないが、圭一は何やら全身が乙姫の膣内に吸い込まれていくような感覚を持ったのだった。乙姫が巨大化したのか、自分が縮小化したのか判然としない。

亀に乗っているのではなく、自分自身の亀頭に導かれ、異世界へ入り込んでいくようだった。

（竜宮城とは、子宮《しきゅう》……？）

圭一は思い、いつまでも去らない絶頂快感に身悶え続けた。

闇の中は、いつしか海中にいるような感覚になってきた。あるいは、これは乙姫の子宮の中にある羊水《ようすい》であろうか。

そして吸い込まれていく闇の奥に、微かな光が見えてきた。これが、乙姫の本体なのかもしれない。

やがて圭一は光に包まれ、胎児のように身体を丸めた。そしてザーメンも出し尽くし、そのまま意識を失ってしまったのだった……。

——どれくらい経ったのだろう。

圭一は、顔に当たる光が窓からの陽射しだと自覚するのに時間がかかった。

「大丈夫？」

目を開けると、マリーが彼の顔を覗き込んでいた。

「ああ……、済みません。僕は、どうしていたんでしょう……」

圭一は言いながら、自分の手を見た。幸い、老人にはなっていないようだ。

「オトヒメの前で倒れていたわ。まさか、あんなところに行くなんて」

マリーが咎《とが》めるように言う。

圭一は全裸のままだった。どうやら、彼は乙姫が眠っているシャッターの前で倒れていたようだった。それを帰宅したマリーが発見し、二階まで担いで寝かせてくれたのだろう。

「ごめんなさい。僕は、乙姫とセックスしてしまいました。そして闇の中に吸い込まれて、あとは覚えていません……」

圭一は答えたが、脱力感で身体が動かなかった。それでも懸命に顔をねじ曲げ、壁の時計を見ると昼過ぎになっていた。マリーは巳沙と波子を鎌倉市内まで車で送り、そのあと東京には行かず帰ってきたようだ。あるいは何やら、胸騒ぎでも覚えたのかもしれない。

「大丈夫よ。身体も頭も、どこも変調をきたしていないわ。ただショックで力が脱けているだけ」

マリーが答える。僅かの間に彼の診察まで終えたようだった。

「乙姫の女性器にも、ザーメンは残っていなかった。おそらく、眠っている乙姫の想念による幻だったのでしょう」

では、最初から圭一は、シャッターの前で幻覚を見て倒れていただけなのだろうか。

「でも、快感が……」

「それは一種の、射精を伴わないドライオルガスムスだったのね」

言われてみれば、そうかもしれないと圭一は思った。脱力感はあるが、これは射精直後の感覚ではなく、とにかく全身が溶けてしまいそうにフワフワした感じなのである。

「もう勝手に入らないので、勘弁してください」

「わかったわ。私も、施錠を忘れていたのだから」

「急に、老人になったりしないでしょうね……」

「バカね、大丈夫よ」

圭一の言葉にマリーは笑い、ゆっくり休むように言って部屋を出て行った。

（あれは、何だったんだろう……）

圭一は溜息をつき、布団の中で手足を動かした。感覚は、ほぼもとどおりになっているようだ。ただ心地よさだけが残って、しばらく動く気がしない。闇にいたのは、短い時間だった気もするし、あるいはとてつもなく長い時間だったような気もした。

しかし考えてみれば、乙姫と呼ばれるあの女体が何なのかさえ分かっていないのだから、彼女と交わったという幻覚に、どのような意味があるかなど分かるはずもなかった。

圭一は少し目を閉じ、さっきの乙姫との交わりを思い出した。

日本人に似せた完璧な美女という点では、そのエイリアンの技術は大変なものなのだろう。あるいは、そのような形に見せているだけで実体はなく、あの闇の中の光が彼女の全てなのかもしれない。

彼はいつまでも身を投げ出したまま、まだ残っている浮遊感と多幸感《たこうかん》に包まれていた。

第五章　果てなき快楽の日々を

1

「大丈夫？　でも勃起しているから平気のようね」

帰宅した巳沙が、献身的に圭一を介抱してくれた。口移しにフルーツミックスジュースを飲ませてくれたり、汗ばんだ全身を拭き清めてくれたりしていた。

もちろん彼は地下に行って乙姫を抱いたなどということは言わず、単に疲れが出て怠《だる》いので寝ているとだけ言ったのだ。

マリーは階下にいて、もう二階のことには関知していなかった。

圭一は、すでに動く気力と体力は戻っていた。いや、むしろ全身に力が漲《みなぎ》り、大暴れしても大丈夫そうなほど回復していたのだが、せっかく巳沙が看護してくれるから身を任せていたのだ。

「もっと飲む？」

美紗が言い、返事も待たずにグラスに余ったジュースを全て口に含むと、顔を寄せてきた。

唇が重なり、ジュースがトロトロと少しずつ口移しで注がれてきた。飲んでいると、最初は冷たく、次第に唾液が混じり、巳沙の口腔の温もりともなって生ぬるくなっていく。

圭一は全て飲み干し、なおも彼女の顔を抱き寄せて舌を吸った。巳沙も、ことさらに唾液を分泌させて吐き出し、いつしかジュースの味と香りが消え去って、純粋に巳沙の唾液と悩ましい吐息の匂いだけが彼を満たしていった。

クチュクチュと舌がからみ合うと、もう完全なディープキスの状態になり、巳沙の熱く湿り気のある息が弾んできた。

「ンン……」

巳沙が色っぽく鼻を鳴らし、愛《いと》しげに彼の頬や髪を撫で回した。やはり当然ながら昨夜のように三人で行うより、こうして二人きりの方が激しく燃えるのだろう。

次第に巳沙は興奮が高まってきたようで、そのまま彼の鼻の穴を舐め、鼻筋から額まで長い舌で舐め上げてきた。甘酸っぱい息の匂いに唾液の成分が混じり、たちまち彼の顔中はヌルヌルになってしまった。

「ああ、可愛い……。丸呑みにして、おなかの中で溶かしてしまいたい……」

巳沙がうっとりと囁き、なおも彼の瞼や耳まで舐め回した。

圭一は、巳沙の温かくかぐわしい唾液と吐息を顔中に受けながら激しく勃起し、本当に呑み込まれても良いような気持ちになってきた。

乙姫との幻想では全身が膣内に吸い込まれていったが、大蛇の雰囲気のある巳沙には、やはり口から呑まれる空想のほうが興奮した。

やがて巳沙はいったん顔を上げ、手早くブラウスとスカートを脱ぎ去り、一糸まとわぬ姿になってしまった。

そして添い寝し、しなやかな手足を蛇のように彼にからみつけてきた。

「ね、どうしてほしい？　何でもしてあげる……」

巳沙は彼の耳に口をつけて熱く囁いた。

「舐めたい……」

「いいわ、どこから？」

圭一が言うと、巳沙は興奮で切れ長の眼をキラキラさせて答えた。

「ここ……」

彼は言いながら、巳沙の足を求めた。

「本当に変わっているのね。足が好きなの？　さんざん歩いて蒸《む》れているわよ」

巳沙が言った。当然ながら、ずぼらな巳沙は朝にシャワーを浴びるような習慣もないので、昨夜三人で入浴したのが最後だろう。

圭一は彼女を立たせた。

巳沙も素直に彼の顔の近くに足を置き、クッションに沈む身体を支えて壁に手を突いた。そして片方の足をそっと彼の顔に乗せてきた。

実に良い眺めである。顔の横から長い脚がスラリと伸び、股間の茂みと濡れたワレメが見えている。さらに形良いオッパイの向こうに美しい顔がじっとこちらを見下ろしているのだ。

足裏は生温かく、巳沙は自分から彼の鼻をつまむように、指の股を押しつけてきてくれた。圭一はジットリ湿って悩ましい匂いの籠もる爪先を舐め、足裏全体にも舌を這わせた。

「アア……、くすぐったくて、いい気持ち……」

彼女は息を弾ませて言い、足を交代させて、そちらの指の間も念入りに舐めさせてくれた。

やがて立っていられなくなり、巳沙は自分から彼の顔を跨ぎ、和式トイレスタイルでしゃがみ込んできてしまった。股間の中心部が、遥《はる》か上からいきなり鼻先までズームアップしてきた。

圭一も下から両手で彼女の腰を抱え込み、蜜に潤っている果肉に顔を寄せた。

興奮に色づいた陰唇《いんしん》がハート型に開き、真珠色の光沢をもって突き立ったクリトリスとヌメヌメする柔肉、涎《よだれ》を垂らして息づく膣口が見えていた。

彼女も両膝を突いて股間を密着させ、圭一の鼻を茂みの丘で塞いできた。

生ぬるく甘ったるい汗の匂いと、ムレムレになったオシッコの匂いが馥郁《ふくいく》と鼻腔を刺激し、舐める前から大量の蜜がトロトロと滴《したた》ってきた。

圭一は舌を伸ばして蜜を舐め取り、奥へと差し入れていった。

柔肉と膣口の襞を掻き回すように舐め、淡い酸味の愛液で喉を潤した。

「アア……、いい気持ち……」

巳沙は喘ぎながら自らオッパイを揉み、股間を移動させてクリトリスを彼の口にこすりつけてきた。

圭一も執拗《しつよう》に舌先をクリトリスに集中させ、チロチロと小刻みに舐めた。

「あうう……、いいわ。ここも舐めて……」

すると巳沙は、早々と達してしまいそうになるのを避けてか、また股間を移動させてきた。そして完全に白く丸いお尻の谷間を彼の鼻と口に押しつけた。

圭一は顔中にムニュッと密着してくるお尻の感触を受け止めながら、可憐なツボミに籠もる秘めやかな匂いで高まった。どうやら彼女は、外出中に洗浄器のないトイレで大の用を足したようだ。

彼は鼻を埋め込み、何度も深呼吸して美女の恥ずかしい匂いを嗅いだ。

「嫌な匂いしない……?」

巳沙は、承知しているように上から訊《き》いてきた。

「ううん、とってもいい匂い」

「そう、でも匂いはするってことね。恥ずかしいわ……」

巳沙は喘ぎながら、愛撫をせがむようにキュッキュッと肛門を収縮させた。

圭一は充分に匂いを味わってから舌を這わせ、細かに震える襞《ひだ》をチロチロと舐め回した。

さらに舌先をヌルッと潜り込ませ、甘苦いような微妙な味わいのある粘膜を舐めた。

「アアッ……、いいわ……」

巳沙は喘ぎ、キュッと肛門で彼の舌を締めつけてきた。

圭一が内部でクネクネと舌を蠢《うごめ》かせると、彼の鼻に密着したワレメからは、さらに大量の愛液が溢れてきた。

その蜜をたどり、圭一は再び肛門からワレメへと舌を戻し、クリトリスに吸いついていった。

「あう、もうダメ、いっちゃいそうだわ……」

巳沙は腰を浮かせ、今度は自分が圭一の股間に屈み込んできた。

熱い息で恥毛をそよがせながら、舌先を尿道口へ這わせてきた。張りつめた亀頭が舐められ、指も陰嚢を這い回った。

「甘い匂いがするわ。いつもと違う……」

ふと、巳沙が顔を上げて言った。

では、やはり実際に乙姫と交わったのだろうか。シャッターの前で倒れていたというのは、マリーの嘘ではないのか、と圭一は思った。

だが巳沙は気にならないらしく、すぐに再びペニスにしゃぶりついてきた。

喉の奥までスッポリと呑み込み、口で幹を丸く締めつけながら吸い、内部ではクチュクチュと長い舌が蠢いた。

「ああ……」

圭一は快感に喘ぎ、巳沙の口の中で唾液にまみれながら最大限に高まっていった。さっき乙姫と交わった時に得た快感は疲労にならず、むしろ普段の倍ほどもあるような快感が押し寄せてきた。

巳沙はスポンと口を離し、陰嚢から肛門まで愛しげに舐めてから、自分で身を起こしてペニスに跨ってきた。

先端を膣口に受け入れ、そのまま一気に座り込んだ。たちまち心地よい摩擦《まさつ》とともに、屹立したペニスはヌルヌルッと根元まで呑み込まれた。

「ああーッ……！」

巳沙が顔をのけぞらせて喘ぎ、完全に股間を密着させながらグリグリと動かしてきた。

圭一もきつく締め上げられながら暴発を堪え、今まで以上に研ぎ澄まされた感覚に驚いていた。これは乙姫と交わった効果なのだろうか。ペニスが巳沙の体内の奥深くまで入り込み、心の中心にある光に届くような気がしてきた。

やがて巳沙が、上体を起こしていられなくなったように身を重ねてきた。

圭一は抱きとめ、潜り込むようにして色づいた乳首に吸いついた。

「く……！」

巳沙がビクリと肌を震わせ、新たな愛液を漏らして彼の股間を濡らしてきた。

圭一は左右の乳首を交互に吸い、念入りに舌で転がし、たまに軽く歯を立てて愛撫した。

さらに腋の下にも顔を埋めると、そこは相変わらず色っぽい腋毛が淡くあり、彼は甘ったるい体臭で鼻腔を満たしながら、汗ばんだ腋を舐めた。

「あん……、ダメよ……。何だか、すごく気持ち良くて、すぐいきそう……」

巳沙が声を上ずらせて言い、腰を動かしはじめた。

圭一も下から股間を突き上げ、何とも心地よい摩擦に包まれながら激しく高まっていった。

「アアーッ……！　何これ、今までより、ずっといいわ……」

たちまち巳沙がガクガクと狂おしく痙攣しながら口走り、膣内の収縮も活発にさせていった。

同時に彼も昇り詰め、突き上がる快感とともに熱い大量のザーメンを勢いよくドクンドクンと噴出させた。

「あう……！」

巳沙は顔をのけぞらせて呻くなり硬直し、本格的なオルガスムスの大波に呑み込まれてしまったようだった。あるいはこれも、乙姫と交わったペニスだから、快感が大きかったのかもしれない。

圭一は心おきなく最後の一滴まで出し尽くし、巳沙の甘い吐息を嗅ぎながら、うっとりと快感の余韻に浸り込むのだった。

2

「巳沙お姉様は、今夜は……？」

波子が訊くと、圭一は構わず美少女を抱きすくめた。

もう入浴も夕食も終えた夜である。波子は短大から夕方帰宅したが、彼の希望で入浴は後回しにしてもらった。やはり唯一の男である彼の希望が、ここでは最優先されるのである。受け身の女性と違い、男は勃起しないとセックスにならないからだ。

「疲れたから先に寝るって言ってた」

圭一は答えた。

それは本当である。どうやら巳沙は、午後に行った時の大きなオルガスムスで、今日はすっかり満足してしまったようだった。それに連日セックスしているのだから、そろそろ休憩も欲しかったのだろう。

「そう……」

波子は、少しがっかりしたようだったが、一対一のセックスを拒みはしなかった。何となく今までと違い、波子が圭一に好意らしいものを寄せはじめているような気がした。

あるいはこれも、乙姫効果なのだろうか。

圭一の方は、すっかり意気《いき》軒昂《けんこう》で何度でも出来そうなほど高まっていた。すでに二人は全裸になり、今夜は波子の部屋のベッドに横になっていた。

彼女の肌は今日もしっとりと汗ばみ、密着すると吸いつくようだった。

唇を重ねると、ぷっくりした弾力が伝わり、果実のように甘酸っぱい匂いの息が馥郁と彼の鼻腔を刺激してきた。

舌を伸ばして綺麗な歯並びを舐め回し、さらにかぐわしい口の中にも潜り込ませていった。

「ンン……」

波子が目を閉じ、うっとりと鼻を鳴らした。

圭一は執拗に美少女の口の中を舐め、舌をからませた。相変わらず波子の口の中はジューシーで、生温かくうっすらと甘い唾液がタップリと溢れていた。

圭一は心ゆくまで味わい、口を離した。

そして並んで寝ながら顔を寄せ、美少女の口に指を差し入れてみた。滑らかな前歯から尖った犬歯、綺麗に揃った奥歯までたどり、柔らかな舌にも触れた。さらに芳香を求めて波子の口に鼻を押し込み、濃厚で甘酸っぱいフェロモンを胸いっぱいに吸い込んだ。

ようやく顔を離し、白い首筋から胸へと舐め下り、初々しい色合いの乳首にチュッと吸いついていった。

「ああん……!」

波子がくすぐったそうに肌を強《こわ》ばらせて喘《あえ》ぎ、胸元と腋から甘ったるい汗の匂いを漂わせた。

圭一は両の乳首を交互に含んで吸い、顔中を膨らみに押しつけて肌のフェロモンを嗅いだ。そして軽く歯を立て、コリコリと噛んだ。

「あう……」

「痛い?」

「大丈夫。もっと強くしても……」

波子が健気《けなげ》に言い、圭一は強烈な愛撫が出来ることよりも、一対一でも自分を嫌がらないことに大いなる悦びを得た。

彼は腋の下にも顔を埋め、切なくなるほどに甘ったるいミルク菓子に似たフェロモンを胸いっぱいに吸い込んだ。そして柔肌を舐め下り、愛らしいお臍《へそ》から腰骨、太腿から足首まで舌でたどっていった。

足裏を舐め回し、指の間に鼻を割り込ませると、昼間の巳沙にも匹敵するほどムレムレの匂いが感じられた。

圭一は嬉々《きき》として悩ましい匂いで胸を満たし、美少女の爪先にしゃぶりついていった。一本一本念入りに吸い、桜色の爪を嚙み、指の股にヌルッと舌を割り込ませ、うっすらとしょっぱい味が消え去るまで堪能《たんのう》した。

「アア……、ダメよ、汚いのに……」

波子がくすぐったそうに腰をよじり、声を震わせて言った。

圭一はもう片方の足も執拗に味わい、やがて脚の内側を舐め上げながら、腹這いになって中心部に顔を迫らせていった。

両膝を押さえてグイッと大股開きにさせると、

「あん……！」

波子が羞恥に声を洩らし、内腿を震わせた。

しかし可愛らしいワレメからはみ出す陰唇は、すっかり熱っぽく色づいて、奥からは大量の蜜が溢れ出ていた。

若草の丘に鼻を埋め込んで嗅ぐと、甘ったるい汗の匂いと残尿の成分、蒸れた体臭などが馥郁と鼻腔を刺激してきた。

「いい匂い……」

思わず股間から言うと、波子は肌を強ばらせ、両手で顔を覆ってしまった。

圭一は、ぷっくりした陰唇の内側に舌を差し入れ、大量の蜜が溢れている柔肉を舐め回した。膣口の周囲で入り組む襞をクチュクチュと舐め、ツンと突き立ったクリトリスにも吸いついた。

「アアッ……！」

波子が声を上げ、内腿でキュッときつく彼の両頬を締めつけてきた。

圭一は執拗にクリトリスを舐めては、溢れる愛液をすすり、さらにオシメでも替えるように波子の両脚を浮かせて、愛らしいお尻の谷間に鼻を潜り込ませていった。

可憐なピンクの肛門に鼻を押し当てると、やはり巳沙と同じく、外で大の用を足したのか、今日は秘めやかな匂いが感じられ、その刺激がビンビンとペニスに伝わってきた。

彼は何度も深呼吸して美少女の恥ずかしい匂いを嗅ぎ、舌先でくすぐるように肛門を舐めた。襞の収縮が舌に心地よく、彼はゆっくりと内部にも押し込んでいった。ヌルッとした粘膜を味わい、少しでも奥まで潜り込ませるようにすると、顔中にひんやりとお尻の丸みが当たって弾んだ。

充分に内部を味わってから舌を抜き、大洪水になっている蜜を舐め取りながら再びクリトリスに吸いつくと、

「ああーッ……、い、いっちゃう……」

波子が声を震わせ、しきりに腰をよじって刺激を避けようとした。

圭一も絶頂間近で舌を引っ込め、身を起こしていった。そしてはちきれそうに屹立しているペニスを構え、先端を彼女の喘ぐ口に押し当てた。

「ク……」

波子は口を開き、クチュッと亀頭を含んで小さく呻いた。圭一はそのまま喉の奥まで押し込み、美少女の口の中でヒクヒクと幹を震わせた。

内部では舌がチロチロと蠢き、温かな唾液がタップリと溢れてペニスを心地よく浸した。

圭一は充分に高まると、果ててしまう前にペニスを引き抜いて、陰嚢を彼女の口に押しつけた。波子は、そこも念入りに舐め回してくれ、二つの睾丸を優しく交互に吸ってくれた。

「ここも……」

さらに圭一は、美少女の口に尻の谷間を押し当て、自ら双丘を指で広げた。

彼は昼間、巳沙との行為のあとにシャワーを浴びて念入りに洗っている。

波子は、厭《いと》わず彼の肛門も舐めてくれた。そして舌先を浅くヌルッと押し込んできた。

前も後ろも舐めてもらい、充分に高まった圭一はやがて再び移動し、正常位でのしかかっていった。先端を膣口にあてがい、感触を味わいながらゆっくりと貫いた。急角度にそそり立ったペニスは、たちまちヌルヌルッと滑らかに吸い込まれていった。

「アアーッ……！」

波子は顔をのけぞらせて喘ぎ、身を重ねていった彼に下から激しくしがみついてきた。圭一は深々と押し込み、美少女の温もりと感触を味わいながら波子を抱きすくめた。

胸の下でオッパイが押し潰れて弾み、目の前で形良い口がかぐわしい息を弾ませて喘いでいた。

「ね、嘘でもいいから好きって言って……」

「好き……、嘘じゃないわ……」

圭一が囁くと、波子が薄目で熱っぽく見上げながら答えた。その嬉しさに、彼は腰を突き動かし、波子の肩に手を回して押さえながら、次第に勢いをつけていった。

熱く濡れた肉襞が何とも心地よい摩擦を伝え、溢れる愛液がクチュクチュと音を立てた。圭一は股間をぶつけるように律動しながら、急激に高まった。

「ああッ……、いく……！」

圭一は口走り、大きなオルガスムスの快感に全身を貫かれながら、ありったけのザーメンを内部に注入した。

「ああん！　感じる、気持ちいい……！」

噴出を受け止めると同時に、波子も口走り、膣内を艶《なま》めかしく収縮させた。そしてガクンガクンと狂おしい痙攣を起こし、身を弓なりに反らせ、股間を跳ね上げながら悶えた。

どうやら波子も、本格的な膣感覚による絶頂を経験してしまったようだった。

圭一は最後の一滴まで絞り尽くし、徐々に動きをゆるめていった。そして遠慮なく体重を預け、美少女のかぐわしい吐息を間近に感じながら心から満足し、うっとりと快感の余韻《よいん》を味わうのだった。

3

「たぶん、昨日二人とも命中したはずよ」

ハンドルを操りながら、マリーが助手席の圭一に言った。

翌朝である。四人はマリーの運転で江ノ島を出て、波子は短大へ、巳沙は図書館へ行き、圭一とマリーの二人で海岸線をドライブしていたのだ。

「え……？　どうしてわかるんです？　妊娠検査って、そんなに早く結果が出るものなんですか？」

圭一は目を丸くし、マリーの横顔を見た。

「いや、それよりも、昨日のことを詳しく訊きたいんですけど、幻覚ではなく、僕は本当に乙姫とセックスしたのでは……？」

圭一は言ったが、マリーは答えず、車を海岸道路から裏道へと入れ、ラブホテルの駐車場に入っていった。

圭一は、急に快感への期待に胸が高鳴り、多くの疑問は後回しにしようと思った。そして二人で車を降り、ホテルの建物に向かおうとした。

すると、そのときである。

「へえ、朝っぱらから羨《うらや》ましいな」

声がかかった。三人の、二十歳前後のヤンキーだ。ラブホテルの裏手にある雀《ジャン》荘《そう》から出てきたので徹夜明けかもしれない。

「金貸してくれねえか。ついでにお姉さんも貸してくれ」

三人は、駐車場に入り、二人を取り囲んできた。

「ちょうどいいわ。相手をしてみて」

「え？　僕が？」

マリーに言われ、圭一は驚いて立ちすくんだ。三人とも圭一と同年代だが、みな凶暴そうな顔をしていてケンカも強そうだった。

「何をゴチャゴチャ言ってるんだ。さっさと金を出せよ」

「ああ、うるさい。今この子が相手をするからかかってきなさい。虫ケラども」

マリーが言うと、

「何だと！」

三人とも気色《けしき》ばんで、彼女ではなく圭一のほうに向かってきた。

一人目の素早いパンチが圭一の頬に炸裂《さくれつ》し、さらに二人目の蹴りが激しく脇腹に入った。

「うわ……！　あれ……？」

圭一は思わず身をすくめたが、頬にも腹にも何ら痛みを感じなかった。

さらに三人は、圭一に対して殴る蹴るの攻撃を仕掛けてきたが、それは何の痛《つう》痒《よう》もなく、まるで鳥の羽で撫でられているような感じだった。

「な、何でこいつ倒れねえんだ……」

三人は、次第に薄気味悪くなってきたようだ。いくら圭一の顔面にパンチを入れようと、股間を蹴上げようと、彼はびくともせず、鼻血を出すどころか瞬《まばた》き一つしないのである。

圭一は、夢の中にいるような気分になってきた。

でも、いかに何も感じなくても、殴られっぱなしでは気分が悪い。圭一は殴りかかってきた奴の腕をかいくぐり、拳骨《げんこつ》で奴の頬を叩いた。ケンカは生まれて初めてである。

「うわ……！」

反撃に、相手は怯《ひる》んで尻餅をついた。しかし、さして効いているふうはなく、単に驚いただけのようだ。

どうやら圭一は、攻撃されることには痛みを感じないが、自分のパンチ力は以前と同じで、大したことはないらしい。

男は慌てて立ち上がったが、もう疲れ果てたか、圭一に殴りかかってはこなかった。他の二人も、いくら殴っても倒れない圭一に恐れをなし、攻撃の手を休めていた。

その隙に、マリーが素早く奴らの背後に回り込み、うなじに拳《こぶし》を押し当てて回った。どうも指輪には針が仕込んであるようだ。

「う……！」

「いて……、何をしやがった……」

三人は顔をしかめ、マリーに摑みかかろうとした。

一瞬、彼女の脚が伸び上がり、パンプスの踵《かかと》が連中の顎《あご》を捉えていた。目にも止まらぬ三段蹴りだ。

「ぐわッ……！」

三人は奇声を発して倒れた。それでもマリーがかなり手加減したのか連中は昏倒せず、肩を貸し合いながらやっとの思いで立ち上がり、這々《ほうほう》の体《てい》で駐車場を逃げ去っていった。

「指輪の針で何を……？」

「あの三人は三日間、人としての最大の苦痛に悶え苦しみながら死ぬわ」

「ああ、それはいいですね。どうせゴミですからね。それより、どうして僕は殴られても痛くないんですか……」

「そのことは、もう少し、試させてもらってから……」

マリーは答え、やがて一緒にラブホテルに入った。

二階の密室に入ると、圭一はマリーに言われて全裸になった。そしてベッドに横たわると、彼女は、用意してきたロープをバッグから取り出し、圭一の両手首と足首を縛りつけてきた。

「うわ……、SMプレイですか……？」

圭一は大の字にされ、手足を固定されながら言った。もちろん期待にペニスは激しく屹立していた。

マリーも服を脱ぎ去り、色っぽい黒のブラとショーツ、そしてガーターベルトとストッキングの姿になったから、まさに女王様スタイルだ。

しかし彼女は屈み込むと、優しく唇を重ねてきた。

柔らかく、ほんのり濡れた感触が密着し、熱く湿り気ある息の匂いが甘く鼻腔を刺激してきた。

圭一がうっとりと力を抜き、舌をからめようとすると、マリーはいきなり彼の唇にキュッと強く嚙みついてきたのだ。

「う……」

少し驚いたが、甘美な痛みと刺激が心地よく、彼はますます興奮してきた。

「痛くない？」

「ええ、気持ちいいです」

口を離したマリーが囁き、彼は答えた。

すると何と、マリーは今度はバッグからカッターナイフを取り出してきて、彼の胸に突きつけてきたのだ。

「な、何するんですか……」

「じっとしていて、すぐ済むから」

マリーは冷ややかに彼を見下ろし、刃を無造作に彼の肌に食い込ませていく。

「ま、まさか二人が妊娠したから僕は用済みになったとか……、いてて……！」

圭一は恐怖と痛みに声を上げた。

「本当に痛い？」

「え……？　そ、そういえば、痛くないです……」

「見て。血が流れず、みるみる傷が塞がっていく……」

マリーに言われ、思わず彼も切られた胸を見た。

確かに、刃が食い込んだときにはチクリと痛みが走ったが、それは切られたと思い込んだための錯覚だったかもしれない。そしてマリーが刃を引いて皮膚を切り裂いても、血が流れる前に傷が塞がってしまうのだった。

「ど、どういうことです？　さっきの不良たちに殴られて痛くなかったことと一緒ですか……」

「あなた乙姫と交わって、闇の奥の光に触れたわね。それで、あなたは浦島太郎と同じ、不老不死の身体になってしまったのだわ……」

圭一の問いに、マリーは重々しく答えた。

「ふ、不老不死って、それは不死身ということですか……？」

「そう、今のまま何百年かは歳を取らないと思う」

マリーが、実験は終えたとばかりに彼の手足の縛《いまし》めを解きながら言った。

「何百年も、って、他にも何人かいるんですか。乙姫と交わった人が……」

「一人いるわ。竜崎亀夫《りゅうざきかめお》、ウラシマ機関の創設者」

「そ、それは……」

「そう、私の祖父。亀夫は明治十八年生まれ。三十八歳の時、地質学者として関東大震災後の江ノ島を調査。そこで地下のUFOらしき物体と、中で眠っている乙姫を発見し、その美しさに思わず交わってしまった」

「……………」

「以後、歳を取らなくなった亀夫は、研究機関としてウラシマを設立。現在は百二十二歳になっているけれど、肉体は三十八歳のまま、つまり今は孫娘の私と同い年。来年は私が追い越してしまうわ」

マリーは、竜崎亀夫に関する驚愕《きょうがく》の事実を語った。

亀夫は、不死身になった生命の神秘を研究するため、自ら多くの実験台になった。大戦中は、あえて過酷な戦線へ赴き、軍属の研究員として修羅場をくぐってきた。

彼は、軍からも特別に大佐待遇という異例の地位をもらったようだ。その名残が現在も、カード所持者に対する好待遇となっている。

亀夫は、他の多くの将兵が不死身となり、戦死しない肉体を作ることを研究した。だが、他の誰が乙姫を抱こうとしても、彼女は眠ったまま身体を開いてくれなかったという。

乙姫は、相手を選んでいたのだ。これはと思う人物以外にガラスケースは開かず、また身体も開こうとしない。

「では、僕で二人目……？」

「大正時代以降は、二人だけということになるわね。八十五年に一人ということろかしら。祖父も、以前はわざと老けたメイクをして友人や同僚に接していたけれど、それらがみな他界してからは、若いままの姿で東京の屋敷で暮らしているわ。いずれ会わせるので、圭一君には祖父の研究を継いでもらうかも」

「は、はあ……、僕も、不老不死の先輩がいた方が安心ですから……」

　圭一は答えたが、我が身に起きた異変に驚きを隠せなかった。

「でも、殴られたり切られたりというのが大丈夫なのは分かったけれど、銃弾とかは？」

「祖父は戦場で、何発も撃たれているわ。しかし、一瞬にして皮膚が硬化し、弾丸を食い込ませないみたい」

「うわ、すごい……。じゃ、爆発も」

「飛来した手榴弾《てりゅうだん》を投げ返そうとしたけれど、握ったまま爆発したみたい。それでも無傷」

　それは大変なことだった。こうした兵士が百人もいれば、戦争に勝っていたかもしれない。

「その能力は、輸血とかで他の人には？」

「無理だったわ。それから、祖父の息子、つまり私の父親も普通の肉体で、すでに病死しているの」

「そうですか……」

「ただ私は、かなりの運動能力と生命力が強いようだわ。隔世遺伝《かくせいいでん》かも」

「なるほど。それで、僕の孫が……」

「そう。全ては乙姫の意志。不老不死の能力を持ってから、昨日あの二人と交わったのだから必ず孕《はら》む。しかも無事な出産で、ちゃんと男女が生まれてくるでしょう」

「では、僕はもう巳沙さんや波子さんには会えない……？」

圭一は不安になって訊いた。ペニスもすっかり萎縮《いしゅく》してしまっている。

「もうしばらく、二人が妊娠を自覚し、エコーではっきり男女と判明するまでは一緒にいてもらうわ。それに二人とも出産を終えれば解放されるから、来年には晴れて再会できるでしょう」

「そうですね」

言われて、圭一も少し安心した。

「それで圭一君は、来年どこの大学に入るのも自由。でも卒業したらウラシマへ入ってほしいわ」

「わかりました。僕で役に立つなら、他の会社なんかよりやり甲斐があります。でも就職が決まっている以上、大学に四年間いないかもしれないです」

「それも自由だけれど、少しでも多くのことを学んでおくといいわ。祖父も、私より長生きするでしょうから、そう急ぐこともないし」

「そうか……。不老不死とは、どんどん自分の周りの親しい人が老いて死んでしまうことなんですね……」

「そう、それが浦島太郎の悩みというところね」

「急に老けたりしないんでしょうか」

「分からないわ。玉手箱が何なのか分からないし、今のところ見つかっていないから。どちらにしても開けなければ大丈夫」

マリーは言い、話を打ち切るように自分もブラとショーツを脱ぎはじめた。

どうやら肌を切る実験だけでなく、最後までさせてくれるようだ。そうなると現金なもので、ペニスもムクムクと勃起してきた。

巳沙や波子とは、出産までの一年ばかり会えなくなるかもしれないが、ウラシマ機関に入る以上、このマリーとは常に一緒にいられるだろう。

たちまち全裸になったマリーは、滑らかな熟れ肌を余すところなく露出し、再び添い寝して顔を寄せてきた。

唇が重なり、今度こそ甘く濡れた舌がからみ合った。

圭一は美女の生温かな唾液と吐息に酔いしれながら巨乳を探り、激しく高まっていった。

マリーは充分に彼の口の中を舐め回してから、唇を離し、圭一の頬に吸いついてきた。そして大きく口を開き、キュッと歯を立ててきたのだ。

「ああ……、気持ちいい、もっと強く嚙んで……」

圭一は痛み混じりの甘美な快感に喘ぎ、さらに強い刺激を求めた。

どうせ歯形などつかないのだからと、マリーも遠慮なく力を込めてモグモグと嚙みしめてくれた。

圭一は美女に食べられているような快感を覚え、熱い息に包まれて悶えた。

マリーは渾身《こんしん》の力を込めて嚙み、やがて耳朶《みみたぶ》にも同じように歯を立ててから、首筋を舐め下りて乳首に吸いついた。もちろん乳首にも容赦ない力で歯を食い込ませてきた。

もともと攻撃性のあるマリーは、セーブせず嚙めることが楽しいようだった。

さらに彼女は圭一の肌を舐め下り、股間に屈み込んできた。

胸を押しつけ、巨乳の谷間にペニスを挟んで揉んでくれた。圭一は、温かく柔らかなオッパイに揉みしだかれ、激しく高まっていった。

しかしマリーは先端を舐め回し、亀頭を含むなり、そこにも強く嚙みついてきたのだ。

「アア……」

圭一は刺激に喘いだ。これは実に新感覚だった。以前だったら飛び上がって痛がり、たちまち萎《な》えてしまうどころか、二度と使い物にならなくなってしまうかもしれない。

しかし今は、美女の歯が何とも心地よいのだ。

「もっと……、本当に嚙みちぎってもいい……」

圭一は、実際にそんな気持ちになってしまうほど燃え上がった。

マリーは、顎でも疲れたか、やがて唾液の糸を引きながら口を離した。

「こんなに強く嚙んだの初めて……」

彼女も興奮に眼をキラキラさせて言い、今度は優しくペニスと陰嚢を舐め回してくれた。

そして充分にペニスを唾液にまみれさせると、再び添い寝して巨乳を押しつけてきた。圭一は乳首に吸いついて顔中を膨らみに押しつけ、甘ったるい肌の匂いを嗅ぎながら舌で転がした。

左右の乳首を交互に含み、軽くカリッと歯を立てた。

「アア……、怖いわ。強く嚙まないで……」

マリーが声を震わせ、仕返しを恐れるように言うのが可憐だった。

圭一は腋の下にも顔を埋め、ジットリ汗ばんだフェロモンを吸い込み、舌を這わせて熟れ肌を下降していった。

腰から太腿、足の裏まで舌でたどり、指の股の湿った匂いを嗅ぎながら爪先にしゃぶりついた。限りないバネを秘めた、空手の達人の足だ。

彼は両足とも、味と匂いが消え去るまでしゃぶり尽くし、いよいよマリーの股間に顔を潜り込ませていった。

白くムッチリとした内腿を舐め、中心部に鼻先を迫らせると、熱気と湿り気が大人の女の匂いを含んで顔に吹きつけてきた。

ワレメからはみ出すピンクの陰唇は、ネットリとした大量の愛液にまみれ、左右に開くと、息づく膣口周辺の襞には、白っぽく濁った本気汁の粘液もまつわりついていた。

黒々と艶のある茂みに鼻を埋めると、甘ったるい芳香が生ぬるく鼻腔を掻き回し、彼は夢中になって舌を這わせはじめた。

「アア……、いい気持ち……」

マリーが顔をのけぞらせて喘ぎ、量感ある内腿でキュッと彼の両頬を締めつけてきた。圭一は心地よい窒息感の中、執拗にクリトリスを舐めた。

(呼吸を止めていても、そんなに苦痛じゃない……)

顔を埋めながら、圭一はふと思った。

不老不死の肉体になってからは、呼吸さえ通常のリズムでなくても大丈夫なようだ。だから浦島太郎は、亀に乗って海中まで行けたのだろうか。そんなことを思ったが、すぐにまた目の前の美女に集中した。

5

クリトリスを舐め、溢れる愛液をすすり、さらに両脚を浮かせて白く丸いお尻の谷間にも鼻を埋め込んでいった。ピンクの肛門に鼻を押しつけて嗅ぐと、ほのかに秘めやかな匂いが感じられた。

いつもマリーのここは無臭だから、あるいはフェロモンを好む圭一のため、洗浄器を使わないでいてくれたのかもしれない。

「ああ……、恥ずかしい……」

マリーが言い、キュッと可憐なツボミを引き締めた。

圭一は執拗に嗅いでから舌を這わせ、細かな襞の震えを味わった。さらに充分に濡らしてから舌先を潜り込ませ、ヌルッとした甘苦い微妙な味わいのある粘膜を舐め回した。

そして再びワレメに戻ってクリトリスに吸いつくと、

「い、入れて……」

マリーが声を上ずらせてせがんできた。

圭一は身を起こし、まだ彼女の唾液に濡れているペニスを構え、先端を膣口に押し当てていった。

マリーは受け身の体勢になり、目を閉じてじっとしていた。

彼はグイッと腰を沈み込ませ、急角度にそそり立ったペニスを、一気にヌルッと押し込んでいった。何とも心地よい肉襞の摩擦と温もり、きつい締めつけが彼自身を包み込んできた。

「アアーッ……！　いいわ、すごく……」

マリーが身を弓なりに反らせて口走り、身を重ねた圭一を両手で抱き寄せてきた。圭一も股間を密着させ、両脚を伸ばして彼女に身を預けていった。

熱く濡れた膣内が、ペニスを味わうかのようにキュッキュッと収縮し、胸の下では巨乳が押し潰れて心地よく弾んだ。

マリーは股間を突き上げて動かし、圭一もそれに合わせてズンズンと腰を前後させはじめた。

「ああ……、気持ちいい、奥まで響くわ……」

マリーが熱く甘い息で喘ぎ、圭一も次第に勢いをつけて高まっていった。

しかし、途中でマリーが動きを止めたのだ。

「ね、お尻の穴を犯して……」

彼女が言い、圭一は一瞬戸惑ったが、新感覚への激しい好奇心が湧いて腰を停止させた。

「大丈夫ですか？　前に経験は……」

「ないわ。でも感じてみたいの」

「わかりました……」

言いながら身を起こし、たっぷりと愛液に濡れたペニスをヌルリと引き抜いていった。ワレメから滴《したた》った白っぽい粘液が、肛門まで垂れて妖しくヌメらせていた。

亀頭を可憐なツボミに押し当て、マリーの表情を見下ろした。

「いいわ、きて……」

彼女は口で呼吸をし、待ち構えていた。圭一がグイッと力を込めて腰を進めると、張りつめた亀頭がズブリと潜り込み、肛門が襞をぴんと伸ばして光沢を放った。タイミングが良かったか、最も太いカリ首までが入ってしまうと、あとは滑らかに押し込むことができた。

「あうう……」

マリーが脂汗《あぶらあせ》を滲ませて呻いたが、決して拒みはしなかった。前からも後ろからも不老不死となった彼のパワーが欲しいのかもしれない。

深々と挿入すると、彼の下腹部に美女のお尻の丸みがキュッと当たって心地よく弾んだ。

中は滑らかで、やはり温もりも感触も膣内とは異なっていた。圭一は股間を押しつけながらアナルセックスの初体験を味わい、彼女の様子を見ながら小刻みに腰を前後させはじめた。

「アア……、いいわ、変な感じ。もっと乱暴に動かして……」

マリーが言い、懸命に括約筋《かつやくきん》をゆるめてくれた。次第に彼女も力の抜き方に慣れてきたか、ピストン運動がスムーズになってきた。

圭一も、身体ごと吸い込まれていきそうな快感に包まれ、彼女を気遣う余裕も吹き飛んでリズミカルに動いてしまった。

すると彼女はいつしか、開いているワレメに指を這わせ、しきりにクリトリスをこすっていた。さらにもう片方の手では自《みず》ら巨乳を揉みしだく。溢れた愛液がトロトロと二人の結合部をぬめらせてきた。

「い、いっちゃう……！」

「いいわ。出して、中にいっぱい……」

急激に高まった圭一が口走ると、マリーも収縮を強めながら忙《せわ》しげに息を弾ませて答えた。

たちまち圭一は大きな快感の津波に巻き込まれ、ありったけのザーメンをドクンドクンと底のない穴の奥へとほとばしらせた。

「あう……、感じる……」

内部に満ちる噴出を感じ取ったか、マリーが言って呑み込むようにモグモグと肛門を蠢かせた。そしてザーメンのヌメリに、律動はさらにヌラヌラと滑らかになっていった。

やがて最後の一滴まで出し尽くし、圭一は動きを止めて余韻を味わった。

マリーもグッタリと身を投げ出し、ハアハアと熱い呼吸を繰り返していた。

するとザーメンの潤いと直腸の内圧によって、満足げに萎えかけたペニスがヌルッと押し出されてきた。圭一は、まるで美女の排泄物にでもなったかのような興奮を覚えた。

ペニスに汚れの付着はなく、肛門も裂傷を負うようなことはなかった。穴は僅かにお肉を盛り上げていたが、徐々に元の可憐なツボミに戻っていった。

圭一はマリーに添い寝し、温もりと匂いに包まれながらしばし呼吸を整えた。

そして彼女も落ち着くと、二人は起き上がってバスルームへと入った。

マリーはざっとシャワーを浴びてから、ボディソープで念入りに彼のペニスを洗ってくれた。そのヌルヌルする指の動きに、たちまち圭一は回復してきそうになった。

「待って。立つ前に、オシッコしておきなさい。尿道内も洗い流さないと」

マリーに言われ、圭一は懸命に尿意を高め、下腹に力を入れながらチョロチョロと放尿した。

し終わると、また彼女が優しく洗ってくれた。

「さあ、これでいいわ。いくら勃起しても」

「ね、マリーさんがオシッコするところも見たい」

「いいけど……」

「じゃ、こうして」

彼女が嫌がらず応じてくれるようなので、圭一は嬉々としてバスルームの床に寝転んだ。そして伏せた洗面器を枕にして、彼女には胸を跨いでもらった。

「かけられたいの？」

「ええ、少し飲みたいし……」

圭一が言うと、マリーはためらいもなく中腰になり、彼の胸の上で大股開きになった。そして息を詰めて力《りき》むと、いくらも待たずにチョロチョロと水流がほとばしってきた。それはバスルーム内の灯りを受け、キラキラと輝いてゆるやかな放物線を描いた。

「ああ……」

圭一は首と胸に温かな流れを受け、ほのかな匂いにうっとりと喘いだ。

舌を伸ばして受け止めると、彼女も股間を落として近づいてくれた。口の中に泡立つそれは淡い匂いと味わいがあり、何とも心地よく喉を通過していった。やはり美女の身体から出るものは、美味《おい》しいに決まっているのだ。

しかし、あまり溜まっていなかったようで、間もなく流れはおさまってしまい、あとはポトポトと滴るだけになった。

マリーは前進し、完全に和式のトイレスタイルで彼の顔を跨ぎ、余りのシズクを飲ませてくれた。

圭一は舌を伸ばし、激しく勃起しながらワレメ内部を舐め回した。

「ああ……、いい気持ち……」

マリーもうっとりと息を弾ませて言い、柔肉を迫《せ》り出すように蠢《うごめ》かせながら、新たな愛液を溢れさせてきた。

「さあ、もういいでしょう？　続きはベッドで」

マリーが言い、腰を上げようとした。

「ね、大きい方も、身体の上にしてほしい……」

「バカね、そんなこと無理よ」

マリーは苦笑して言い、立ち上がってしまった。

「そういうことがどうしてもしたかったら、女優でもアイドルでも呼び出せばいいわ。何でも言うことを聞いてくれるはずだから」

マリーが言う。

そうなのだ。相手が有名人であるほど、カードの威光が所属プロダクションに伝わっているだろう。だから、一般の素人《しろうと》女性より、アイドルの方が思いどおりになりやすいのだった。

圭一は期待しながら、やがてシャワーを浴びてからバスルームを出た。

第六章　月日の経つも夢のうち

1

「不死身……？　圭一が？」

巳沙が目を丸くして言った。

翌日、彼女の部屋である。まさに、この二階にある四つの部屋は、竜宮城にあった四季の部屋のようで、各部屋の窓から東西南北の景色が見えた。

マリーは波子を短大に送るため外出、巳沙は図書館には行かず、圭一と二人で残っていた。

「それは嬉しいわ。好きなだけ噛んでもいいのね」

巳沙が好色そうに眼を輝かせて言い、実際にヌラリと舌なめずりした。

「ええ、傷がつかないようになっちゃいました」

「それは、エイリアンの力？」

「多分、乙姫はそういう力を持っていたのでしょうね」

「乙姫だけじゃないわ。湘南には、他のエイリアンも来ているし、みな不死身の能力があったのかも」

「他のエイリアン？　鎌倉時代のエンゼルヘアーとか？」

「いいえ、もっと有名な話よ。竹取《たけとり》物語の、かぐや姫」

「そ、それって、湘南なんですか？」

圭一は驚いて言った。

「かぐや姫がいたのは、鎌倉の竹林《ちくりん》という説があるわ」

「ああ、確か、報国寺《ほうこくじ》という竹寺《たけでら》があるけれど」

「もっと山奥ね。おそらくは、瑞泉寺《ずいせんじ》の裏山あたりではないかしら。かぐや姫は月へ帰るとき、帝《みかど》に不死の薬を渡した。でも、かぐや姫がいないのだから用はないと、帝は家来に命じて山の頂上で薬を焼いてしまったわ。それで、不死が変じて富士《ふじ》の山」

巳沙が、窓の外を見る。遠くに、秋の陽射しを浴びた富士山が見えた。

「なるほど、天上界も海底も、異界の人はみんな不死身か」

圭一が頷くと、巳沙は眼鏡を外して置き、服を脱ぎはじめた。そろそろ淫らなスイッチが入り、我慢できなくなってきたのだろう。

圭一も、快感への期待に胸を高鳴らせながら脱ぎはじめた。

「どうも、妊娠したような気がするわ」

全裸になりながら、巳沙が言った。

「分かるのですか……」

「ええ、何となく。さらに波子が妊娠したら、圭一はここを出ていくの？」

「そうなりますね。少しでも見聞《けんぶん》を広めて、来年は大学に入って、卒業したらウラシマ機関へ」

「そう。私も、来春は東大の卒業式だけでも出てくるわ。その頃はだいぶおなかが大きいだろうけれど」

「驚くでしょうね、研究室のみんなは」

圭一は、日本史の研究室の様子を思い出した。

汚れたジャージ姿だった巳沙が、一変して洗練された美女に変身した時も、あれほどみんなは驚いたのだ。さらに妊娠したおなかで卒業式に行ったら、誰もが度肝を抜かれることだろう。

「日《ひ》数《かず》経《へ》て重ねし夜半《よわ》の旅衣《たびごろも》、たち別れつつ何時《いつ》かきて見ん」

「その歌は？」

「乙姫が浦島太郎と別れるときの歌。そして太郎の返歌が、『別れ行く上の空なる唐衣《からごろも》、契《ちぎ》り深くば又《また》もきて見ん』」

「きっと、竜宮に滞在した三年間、何度も何度もセックスしたんでしょうねえ」

圭一は言いながら、勃起したペニスをヒクつかせた。

巳沙も一糸まとわぬ姿になると、すぐにも彼に抱きつき、自分のベッドに押し倒してきた。

枕にもシーツにも、すっかり巳沙の甘ったるいフェロモンが染みついている。

彼女は上からピッタリと唇を押しつけてきた。甘酸っぱい濃厚な吐息が鼻腔に満ち、長い舌がヌルッと潜り込んできた。

圭一も舌をからめ、注がれる唾液でうっとりと喉を潤した。

すると巳沙は、マリーがしたように、いきなり彼の唇に嚙みついてきたのだ。

「痛い？」

「いいえ、もっと強くしても大丈夫です」

圭一が言うと、巳沙はさらに力を込めて彼の上唇を嚙み、頬にも容赦ない力で歯を食い込ませてきた。

もちろん圭一も少々の痛みは感じるが、それ以上に甘美な刺激の方が強くて、激しく高まってきた。

「気持ちいいわ。人を、こんなに強く嚙むのは初めて……」

巳沙も気に入ったようで、何度も彼の頰や鼻に歯を立て、さらには爪で遠慮なく肌を引っ掻いた。もちろん痕《あと》は残らず、心地よいだけだった。

「本当、何の痕もつかないわ……」

巳沙も興奮に熱く息を弾ませ、今度は一転して優しく彼の顔中を舐め回してくれた。

圭一が、かぐわしい吐息と唾液に酔いしれ、生温かな唾液にまみれていると、彼女は首筋を舐め下り、乳首から下腹部へと移動していった。

そして屹立したペニスにしゃぶりつき、軽く歯を立てたものの、やはり万一を思ってか舐め回すだけにしてくれた。

「ああ……、巳沙さんのも、舐めたい……」

圭一は言いながら彼女の下半身を求めた。すると巳沙も亀頭を含んだまま身を反転させ、仰向けの彼の顔を上から跨ぎ、女上位のシックスナインの体勢になってくれた。

彼は下から巳沙の腰を抱き寄せ、すでにヌラヌラと大量の蜜が溢れているワレメに口を押しつけた。

舐め回すと、生ぬるく淡い酸味を含んだ愛液がトロトロと舌を伝って流れ込んできた。彼は夢中で舐め回し、潜り込んで茂みに鼻を埋めては悩ましいフェロモンを嗅ぎ、伸び上がっては可憐な肛門にも舌を這わせた。

「ンンッ……！」

クリトリスに吸いつくと、ペニスを含んだまま巳沙が呻き、熱い息で陰嚢をくすぐった。

圭一が彼女のフェロモンに包まれながら、前も後ろも念入りに舐め回すと、巳沙も彼の脚を抱え込み、陰嚢や肛門にも舌を這わせてくれた。

やがて、互いに味わい尽くすと、巳沙が顔を上げ、身を起こして向き直ってきた。そして女上位でペニスを受け入れ、一気に腰を沈めた。

「アアッ……！　気持ちいい……」

ヌルヌルッと根元まで貫かれ、巳沙は顔をのけぞらせて口走った。

圭一も挿入時の摩擦快感に息を詰め、美女の温もりと感触に包み込まれた。

彼女が身を重ねてきたので、先に圭一は潜り込み、突き立っている乳首に吸いついた。

「ああ……、いいわ、強く吸って……」

巳沙が熱く喘ぎながら言い、彼の顔中に膨らみを押しつけてきた。

圭一は舌で弾くように転がし、もう片方も含みながら胸元や腋から漂う濃厚な汗の匂いに酔いしれた。

次第に巳沙が腰を突き動かし、股間と胸を彼の肌にこすりつけるように悶えはじめた。圭一も股間を突き上げ、溢れる愛液で内腿までビショビショにしながら勢いをつけていった。

「い、いきそう……」

巳沙が声を上ずらせて口走った。

すでに、胎内に子が宿っているかもしれないが、彼女は貪欲《どんよく》に快楽を求めて腰の動きを速めた。

「く……！」

たちまち圭一も、溶けてしまいそうな快感に包み込まれ、大量のザーメンを勢いよく内部に噴出させた。

「アアーッ……！　もっと出して……、気持ちいい……！」

子宮の入り口をザーメンに直撃されながら巳沙が喘ぎ、ガクンガクンと狂おしく全身を痙攣《けいれん》させた。

圭一は両手を回しながら律動し、快感に酔いしれながら最後の一滴まで出し尽くした。そして徐々に動きを弱めながら彼女の体重を受け止め、甘酸っぱい吐息に包まれて余韻を味わった。

「ああ……、よかった……」

巳沙も全身の強《こわ》ばりを解きながら、満足げに呟き、彼に体重を預けてきた。

圭一が深々と入ったままのペニスをピクンと脈打たせると、彼女もキュッと締めつけてそれに応えた。

「いつ頃、ここを出るの……」

巳沙が、彼の耳元で熱い息遣いとともに囁く。

「波子さんの妊娠が確定していれば、明日にも」

「どこへ？」

「本郷に、マリーさんの祖父の屋敷があるので、とりあえずはそこへ行くようにすすめられているんです」

「まあ、本郷なら私のテリトリーだわ。私も寄らせてもらうかも」

巳沙が言った。卒業の手続きで、今後は何かと大学の方へも行くことになるのだろう。

「ええ、安定期にでも入れば、マリーさんの許しも出るでしょうから」

圭一は答え、やがて二人は階下のバスルームへと移動していった。

2

「何だか、妊娠したみたいです……」

夕食後、波子が圭一に言った。彼女の部屋である。

普通なら驚天動地《きょうてんどうち》の台詞《せりふ》であるが、これが目的だったのだから仕方がない。

圭一は感慨を持って美少女の下腹を撫でた。

もう互いに全裸になっている。

もちろん圭一は入浴したが、波子には後回しにしてもらった。彼女もすっかり圭一のそうした性癖には応えてくれていたし、巳沙も昼間満足したせいか乱入してくることもなかった。

「そう、じゃ短大の方も無理しないように」

「ええ、マリーさんからも、そう言われてます」

「今のところ、大丈夫です」

波子が答えると、圭一は慕情が募《つの》り、愛《いと》しげに唇を重ねていった。

柔らかな弾力が伝わり、すっかり馴染んだ果実の匂いの息が馥郁と鼻腔を刺激してきた。

舌を差し入れながら彼は仰向けになり、波子の顔を上へ押し上げていった。この方が、より多く美少女の唾液が飲めるからだ。

波子もチロチロと舌をからめながら、生温かくトロリとした唾液を注ぎ込んでくれた。妊娠の影響があるのか、ただでさえジューシーな波子の口の中は唾液の量が増し、ネットリとした粘り気も多くなって味わい深かった。

圭一はうっとりと喉を潤し、彼女の舌を吸った。さらにぷっくりした唇に鼻をこすりつけると、波子はかぐわしい息を弾ませながら、彼の鼻の穴も念入りに舐め、さらには顔中もヌルヌルにしてくれた。

美少女の唾液と吐息をすっかり堪能した彼は身を起こし、入れ替わって波子を仰向けにさせた。

「気持ち悪くない？」

やはり、あまり上にさせて無理させない方がいいだろう。しかし挿入時は、上からのしかからない方がよさそうだった。

圭一は身を重ねないよう注意しながら、波子の首筋を舐め下り、可憐に色づいた乳首にチュッと吸いついていった。

「あう……！」

波子が声を上げ、ビクッと肌を震わせた。すると甘ったるく生ぬるいフェロモンが、ふんわりと立ち昇ってきた。

圭一は左右の乳首を交互に吸い、膨らみの張りと弾力を顔に受けながら、さらに腋の下にも顔を埋め込んでいった。相変わらず波子の肌全体はうっすらと汗ばみ、どこも甘い匂いを漂わせていた。

柔肌を舐め下り、愛らしいお臍《へそ》を舐め、腰骨からムッチリした太腿へと舌でたどっていった。

脚も汗に湿り、足裏と指の股はジットリしてほのかな芳香を籠もらせていた。

圭一は足の裏を舐め、爪先にしゃぶりつき、両足ともまんべんなく愛撫した。

「アアッ……！」

波子は、くすぐったさと羞恥に喘ぎ、何度もビクッと脚を震わせた。

いよいよ彼は滑らかな脚の内側を舐め上げ、美少女の中心部に顔を迫らせていった。

両膝を全開にさせると、波子は恥ずかしげに腰をよじり、ワレメからはみ出した陰唇を新たな蜜で濡らした。そっと指を当てて花びらを開くと、中はさらにヌメヌメと潤い、柔肉が妖しく蠢いていた。

堪らず若草の丘に鼻を埋め込むと、生ぬるく甘ったるい汗の匂いと、微かなオシッコの成分が鼻腔を刺激してきた。

「いい匂い……」

「ダメ……、言わないで……」

波子が羞恥に腰をくねらせ、内腿できつく彼の両頬を挟みつけてきた。

圭一は腰を抱え込み、柔らかな茂みに鼻をこすりつけ、何度も深呼吸した。上の方は汗の匂いが濃く、下の方へ行くにつれ、悩ましいオシッコの匂いの方が濃く感じられた。

舐め回すと、トロリとした淡い酸味の蜜が舌を濡らし、彼は膣口を探り、クリトリスまで舐め上げていった。

「ああっ……!」

波子が身を反らせて喘ぎ、何度かビクッと下腹を震わせた。

圭一は執拗にクリトリスを舐め、上唇で包皮を剝いて強く吸いついた。

さらに両脚を浮かせ、白いお尻の谷間にも鼻を埋め込み、可憐なピンクの肛門を嗅いだ。微香《びこう》が馥郁と感じられ、圭一は激しく興奮した。

舌を這わせ、チロチロとくすぐりながら徐々に内部に潜り込ませていくと、

「く……！」

波子が息を詰め、キュッと肛門で彼の舌先を締めつけて呻《うめ》いた。

圭一は執拗に内部の粘膜を舐め回し、新たな愛液の溢れるワレメに鼻を押しつけた。

そして充分に美少女の肛門を味わってから脚を下ろし、再び愛液をすってクリトリスを舐め上げた。

「も、もう……！」

波子がビクッとのけぞり、降参するように彼の顔を突き放してきた。

もうオルガスムス間近なのだろう。彼も波子の股間から離れ、再び仰向けになりながら、今度は彼女を上にさせた。

顔を押しやると、すぐにも波子は荒い呼吸を繰り返しながら、彼の股間に口を寄せてきてくれた。

熱い息が恥毛をくすぐり、張りつめた亀頭の先端にチロリと美少女の舌が触れてきた。彼女は尿道口から滲む粘液を舐め取り、次第に亀頭全体に舌を這わせてスッポリと含んでくれた。

「ああ……」

圭一は快感に喘ぎ、清らかな舌の感触に震えた。

波子も小さな口で喉の奥まで頬張り、温かく濡れた口の中でクチュクチュと舌をからみつかせてきた。

さらに彼女はチュパッと口を離し、陰嚢にもしゃぶりついた。そして再びペニスを呑み込み、顔全体を上下させてスポスポと濡れた口で濃厚な摩擦を繰り返してくれた。

「アア……、いきそう……」

圭一は言い、暴発する前に彼女の顔を離させ、手を引いて女上位で跨らせていった。波子も幹に指を添え、自ら先端を膣口にあてがい、ゆっくりと受け入れながら座り込んできた。

たちまち、ペニスはヌルヌルッと滑らかに根元まで吸い込まれた。

「ああン……！」

波子が熱く喘ぎ、完全にギュッと股間同士を密着させた。圭一も最高の快感を心ゆくまで嚙みしめた。

タップリ濡れた膣内でペニスは締めつけられ、圭一は抱きとめた。

彼女は上体を起こしていられなくなったように身を重ね、圭一は抱きとめた。

そして下から唇を求めて再び舌をからめ、大量に分泌される唾液を飲ませてもらった。

「嚙んで……」

舌を引っ込めて圭一は言い、波子の口に頰を押し当てた。

彼女もかぐわしい口を開き、綺麗な歯並びを軽く食い込ませてくれた。

「ああ、いい気持ち。もっと強く、思い切り嚙んで。痕になってもいいから」

せがむと、波子は戸惑いながらも徐々に力を入れてくれた。

圭一は甘美な刺激に激しく高まり、波子を抱き寄せながらズンズンと股間を突き上げはじめた。

「アア……、気持ちいいわ……」

波子も、すっかり快感に目覚めて口走り、下からの動きに腰を合わせてきた。

粗相《そそう》をしたように大量の愛液が溢れ、互いの股間がビショビショになった。たちまち彼は激しい快感に貫かれ、あっという間に絶頂に達してしまった。

「く……！」

快感を噛みしめて呻き、ありったけのザーメンを噴出させると、

「ああーッ……、いく……！」

波子も声を上げ、ガクガクと狂おしい痙攣を開始し、膣内をキュッキュッと収縮させた。

せっかく本格的なオルガスムスが得られるようになったのに、これでしばしのお別れとは残念だった。だが、それは最初から決まっていたことだから仕方がなかった。

圭一は最後の一滴まで心おきなく出し尽くしてから、徐々に動きをゆるめていった。

波子も全身の硬直を解き、ゆっくりと力を抜いて彼に体重を預けてきた。

重みと温もりを受け止め、圭一は美少女のかぐわしい果実臭のする息を間近に胸いっぱい嗅ぎながら、うっとりと快感の余韻を味わうのだった。

「僕は、明日から東京で暮らすから、また会う日までどうか元気でね」

「ええ……、私も短大は休学して、巳沙さんとノンビリします……」

「ああ、それがいいよ……」

圭一は言い、もう一度波子に唇を重ねるのだった。

3

「じゃ、今日はあとから私も東京へ行くから、先に本郷へ行ってて」

マリーが言った。

翌朝、圭一は彼女の車でJR藤沢《ふじさわ》駅まで送ってもらったのだ。

巳沙や波子とはしばらく会えないが、マリーとはこれからも何かと顔を合わせるだろう。

「わかりました。では行ってきます」

圭一は答え、マリーとは駅前で別れた。

彼はまず、グリーン車に乗り込んで東京へと向かう。電車が走り出すと、彼は江ノ島のある南の空を振り返った。

（仮初《かりそ》めに契《ちぎ》りし人の面影を、忘れもやらぬ身を如何《いかが》せん、か……）

圭一は、巳沙に教わった浦島太郎の歌を思い、江ノ島での出来事を一つ一つ思い出した。

やがて東京に着くと、彼はタクシーで本郷に行き、住所のメモを頼りに東大の近くにある竜崎家を訪ねた。

門構えが大きく、広い敷地が高い塀で囲まれていた。

インターホンを押すと、開いていると男の返事があり、圭一は通用門から中に入った。庭には木々が多く、池や築山《つきやま》もあった。静かで、とても東京の真ん中にあるとは思えない雰囲気だ。

敷石《しきいし》を進んでいくと和風の大きな母屋《おもや》があり、彼は玄関ではなく庭へ回っていった。縁側に人が見えたからだ。

「こんにちは。河津圭一です」

「おお、そこから上がってきてくれ」

和服姿の男が答え、手招きしてきた。もうマリーから、圭一が来ることは連絡されていたのだろう。

これがマリーの祖父、竜崎亀夫だった。確かに、見た目は三十八歳。圭一の父親よりも若い感じだった。しかし、これが実際は百二十二歳なのである。

圭一も、このようにいつまでも十八歳のままなのだろうか。

彼は縁側で靴を脱ぎ、すすめられるまま亀夫の向かいの籐椅子《とういす》に掛けた。

「初めまして。ここで、お一人なのですか」

「ああ、その方が気楽でいい。前に、通いの手伝いを雇っていたこともあったが、決まった時間に食事を取らされ、研究が中断して煩《わずら》わしいのだ」

亀夫はしっかりした声で言い、傍《かたわ》らの魔法瓶から急須《きゅうす》に湯を注ごうとした。眼も耳もはっきりしているようだ。

「あ、自分でやります」

「いい、年寄り扱いするな。軍隊時代から柔道と剣道を、もう百年以上やっているのだからな」

亀夫が言う。確かに、その年月鍛え続けていれば、どの武道家よりも強いかもしれない。そして博士号は数知れず、叡智《えいち》の方も人並み外れているのだろう。

「いろいろ、伺ってよろしいですか」

圭一は、差し出された茶を飲みながら言った。

「ああ」

亀夫はタバコに火をつけて答えた。百年以上喫煙していても身体に害などないようだった。

「幼い頃とかの記憶も、はっきりありますか」

「ある。何もかも、昨日のことのように覚えている」

「記憶の量が多すぎて、混乱しないでしょうか」

「人の脳は、そんなチャチなものではない。誰もが十分の一も使わずに一生を終えてしまうのだ」

「ははあ……、それで、大正十二年に乙姫を発見したのですね？」

「ああ、幸いにして、私一人で見つけたのだ。岩の陰から、見たこともない金属の壁が見え、その裂け目から中に入ると、透明なケースに入っている彼女を発見した」

亀夫が言う。してみると、あのケースもガラスではなく、異界の物質のようだった。だから、乙姫の意志でしか開かないのだろう。

彼の話では、政府の調査団が行く前に、亀夫は単独で形の変わった江ノ島の調査に赴《おもむ》いたようだった。

そのとき三十八歳だったが、研究一筋の彼は独身。そこで乙姫の美しさに魅せられ、ケースが開いたのをいいことに交わってしまった。

すると、やはり圭一と同じように闇へ引き込まれ、光に包まれたようだ。

「あれは、何なのでしょうね……」

「分からん。あるいは我々は乙姫の胎内に一度取り込まれ、不死身の身体として生まれ変わったのかもしれない」

亀夫の場合も、我に返るとケースの外に出されていたと言う。

そして調査を続けるうち、もろくなった岩場で転げ落ちたが、痛くもなく出血もしないことに気づいた。

しかし、そのことを亀夫は誰にも言わなかった。言えば軍部などがその秘密を探るため、乙姫を解剖してしまうかもしれない。

やがて政府の地質調査が来て、リーダーである亀夫はUFOらしきものの破損部分を補い、乙姫をそのまま安置することにした。

実は彼は地質学の傍《かたわ》ら、江ノ島が昔から強い信仰の対象になり、その中心となっている集団が近在にいたことを研究していた。鎌倉時代から時の権力者の陰で祈禱《きとう》を行い、未来を予測していたらしい。その集団の名が、ウラシマ。

それは、江ノ島の地下にいる乙姫が、近在の研ぎ澄まされた能力の者にテレパシーを送っていたのではないか、という仮説を亀夫は立てた。

亀夫は、ウラシマ集団で、唯一残っていた古老を捜し当て、乙姫の予言を感知してもらい、政府の要人とのパイプ役になった。これが、現代まで続くウラシマ機関の原型である。

ちなみに、この頃に亀夫は、研究助手をするようになった乙姫に雰囲気の似た女性と結婚。昭和初期にはマリーの父親が生まれている。

しかし、予言が当たり、そのように行動して成功したのは真珠湾攻撃まで。そこで古老が死に、以後、乙姫の予言は途絶えた。戦況が悪化すると、政府も軍部もウラシマ機関の予言どころではなくなり、亀夫も軍属として戦線に赴くことになった。

かくて、機関は解散し、亀夫は個人で研究を続けることになったのだ。

そして終戦、外地から帰国した亀夫は、再び乙姫に会い、今度は自分に予言の霊感が宿るようになっていることを知った。そこで再び政府と接触。かつての予言の効果を知る高官により、ウラシマ機関が復活した。

亀夫は戦後の大繁栄を乙姫の予言から考察し、国を立ち直らせる一端を握り、以後亀夫は歴代の政府から大切にされることになる。

もちろん亀夫が不死身であることを知る政府要人は、ごく一握りだ。しかし、それは代が替わっても脈々と受け継がれることとなった。

やがて平成になると、江ノ島に保養所と称する建物と地下のエレベーターを設置。近代科学の粋を集めた大コンピュータを乙姫の周囲に備えて、予言をデータ化することに成功した。

さらに二十一世紀となり、灯台が新しくなったのを機に、それを巨大アンテナとし、乙姫のコンピュータと中央が常に連動するようにした。

かくしてウラシマ機関の人間には万能カードが支給され、各界の幹部のみが知る伝説のグループとなったのである。それは、人類の誰もが憧れる不老不死への、畏敬の表われであっただろう。

スタッフは全員が政府関係者で、中央におり、江ノ島から送られてくる情報を研究していた。今は乙姫の予言は微弱なものばかりだが、救世主の出現情報ははっきりと出たようだ。

そしてウラシマ機関を知る一部の政府要人は、乙姫が目覚める日を待ち、そのときこそ日本が地球の中心になるという夢を描いているのだった。

政府関係者以外、一般人のメンバーは創設者である竜崎亀夫と、孫のマリーだけ。そして圭一、巳沙、波子の三人が新たに加わったわけだ。

「乙姫は、本当にいつか目覚めるのでしょうか」

「さあて、そればかりは分からん。たとえ目覚めても、一千年後では、地球がどうなっているか分からん。私やお前は生きているかもしれんが、今のような世の中とは限らん」

言われて、この亀夫とはどうやら先の長い付き合いになりそうだ、と圭一は思った。

他にも若い女性、例えば波子あたりが不老不死になってくれればいいのだが、乙姫と交わるという条件がある以上、それは男にしか得られない特権なのかもしれない。

「では、僕は何をしたら……」

「気楽に好きなことをやっていればいい。長く生きれば否《いや》でも多くの知識が身につく。そして、この不死身の肉体になってからは、物忘れがなくなった」

「はあ、確かに……。むしろ、今まで教わって忘れていた授業までが、完全に頭に甦《よみがえ》ってくるようになりました」

圭一は、自分を省《かえり》みながら言った。確かに知識が増え、不死身になる前に見聞きしたことまでが鮮明に頭の中にあるのである。これなら来春、ちゃんと受験しても東大に入れるかもしれない。

「では、離れで少し休むといい。マリーが使っていた部屋だ」

「はい。ではまた」

圭一は一礼し、亀夫のいる座敷を出た。

廊下を奥に進みながら見ると、どの座敷も本で埋まっていた。まるで巳沙の部屋のようである。

そして渡り廊下から、近代的な離れへと入った。そこは新しく、勉強部屋と寝室があり、トイレには洗浄器も付いていた。ベッドと机以外、彼女の私物らしいものは何もないが、ここでマリーが育ち、寝起きしていたのだと思うと、室内の空気までが甘いものに感じられるのだった。

4

「わあ、これがマリーさんの高校時代ですか」

夕食のあと、圭一は母屋で亀夫からたくさんのアルバムを見せてもらった。

マリーも夕方やって来て、三人で弁当を取って夕食を済ませたのだった。

「ああ、勉強も出来たが、空手部だったから男は近寄らなかった」

亀夫が言うと、台所でお茶の仕度をしていたマリーが苦笑した。今夜は、巳沙と波子はウラシマの管轄にある湘南の大病院で検査入院をし、保養所の方は閉めてきたようだった。

アルバムは、関東大震災で岩の崩れた江ノ島、そしてUFOらしきものの亀裂と、ケースに眠っている乙姫の姿などもあった。

乙姫は、八十数年前も、先日圭一が見たとおりのままだった。

そして亀夫も、今と全く変わらない顔立ちで、大正十二年のアルバムに載っていた。

さらには、圭一も知っている軍部や政界の顔も並んでいた。

亀夫の妻、マリーの祖母は確かに乙姫にどことなく似た美女だった。

戦後になると、亀夫の息子がアメリカ人の嫁をもらい、その写真もあった。マリーの母親も金髪の美女で、代々女運は良さそうだった。

しかし親族はみな病死し、残っているのは亀夫とマリーだけのようだ。

マリーは都内の高校を出ると、母親とともにアメリカへ行き、そちらの大学を出た。そして帰国してから、亀夫の補佐ということでウラシマ機関に入ったのである。

しかし、その美しいエージェントも、こうして生まれ育った家の中にいると、ごく普通のOLが自宅で寛《くつろ》いでいるふうに見えた。

「さあ、私は寝るからな。お前たちも夜更かししないようにな」

入浴を終えた亀夫が言い、さっさと自分の寝室に入ってしまった。不老不死でも、夜は早いようである。

やがてマリーが母屋の戸締まりをし、灯りを消して、圭一と一緒に離れへと行った。

ベッドはセミダブルサイズなので、二人でも充分だ。

たちまち圭一は興奮し、すぐにも全裸になってしまった。もちろん彼は入浴を済ませたが、マリーはまだである。全身には、今日一日分のフェロモンがタップリ染みついていることだろう。

マリーも服を脱ぎはじめた。たちまち室内に、生ぬるく甘ったるいフェロモンが立ち籠めはじめた。

思えば、このマリーとの出会いが、全ての始まりであり、圭一にとっても忘れることの出来ない最初の女性なのである。

「まさか、自分の部屋でするとは思わなかったわ」

マリーが、感慨深げに言う。

「じゃ、この部屋でするのは初めてなの？」

「ええ、そうよ。父が生きている頃は、門限も来客も厳しかったから」

「マリーさんは、何人ぐらいの男性を知っているの？」

「バカね、そんなこと訊くものじゃないわ」

彼女は言い、今日も色っぽい黒い下着を脱ぎ去っていった。

「竜崎博士は、まだセックスの方は？」

「もちろん盛《さか》んよ。それなしに、あと何百年も生きるのは辛いでしょう。日頃から、何人もの愛人が出入りしているわ。今日は、圭一君が来るから呼ばなかったようだけれど」

「そうでしたか。一人で広い家で暮らして、掃除や洗濯、食事などはどうしているのかなと思ったけれど」

圭一も納得した。亀夫の言う、手伝いという人は来なくなったが、愛人は来ているということなのだろう。

ではここで圭一が暮らすうち、そうした女性たちとも顔を合わせるだろうし、あるいは良い展開があるかもしれないと彼は期待した。

やがてマリーが全裸になって添い寝してくると、二人は話を打ち切り、互いの肉体を貪ることに専念した。

圭一は甘えるように腕枕してもらい、目の前いっぱいに広がる巨乳に迫った。

柔らかな膨らみに手を這わせながら、色づいた乳首にチュッと吸いついていった。舌で弾くように転がし、胸元や腋から漂う生ぬるく甘ったるい汗の匂いに酔いしれた。

「ああ……」

マリーが声を洩らし、ビクリと熟れ肌を震わせた。そして彼の髪を撫で、何度となく額や鼻の頭にキスしてくれると、湿り気のある甘い吐息が圭一の鼻腔をくすぐってきた。

彼はのしかかり、もう片方の乳首も含んで吸い、顔中を豊かな膨らみに押しつけた。もちろん腋の下にも顔を埋め、甘ったるい濃厚なフェロモンで充分に鼻腔を満たし、首筋を舐め上げてからピッタリと唇を重ねていった。

「ンン……」

マリーも熱く鼻を鳴らし、両手で彼の顔を抱き締めてきた。

舌を潜り込ませ、唇の内側と歯並びを舐め、甘く濃厚な息の匂いを胸いっぱいに吸い込んだ。

彼女も前歯を開き、ネットリと柔らかく濡れた舌をからめてきた。

温かな唾液が何とも美味しく、彼は心ゆくまですすってから、美女の口に鼻を押し込み、悩ましいフェロモンの刺激に激しく勃起した。

「ね、上になって……」

やがて圭一は言い、仰向けになりながら彼女を押し上げていった。

「どうされたいの？」

「足の裏を舐めたい」

彼が言うと、マリーは立ち上がって壁に手を突き、圭一の顔にギュッと足裏を乗せてきた。しかも、不死身だから容赦なく体重をかけてきたのだ。

その圧迫感と足裏の感触、汗と脂《あぶら》に蒸《む》れた匂いが何とも心地よかった。

マリーは自分から足裏で彼の鼻を踏みにじるように動かし、指で鼻をつまんできた。

「く……」

圭一は温もりを感じながら匂いに酔いしれ、夢中になって舌を這わせた。

マリーは足を交代させ、また指の股の新鮮な匂いを嗅がせてくれた。

彼は両足ともまんべんなく舐め回し、味と匂いを全て吸収した。

するとマリーは圭一の顔を跨ぎ、和式トイレスタイルでゆっくりとしゃがみ込んできた。

圭一は下から腰を抱え込み、迫ってくる熟れた果肉を鼻と口で受け止めた。マリーは、遠慮なく彼の顔にワレメをこすりつけてきた。

柔らかな茂みがシャリシャリと鼻をこすり、汗と残尿の混じった悩ましい匂いが胸に染み込んできた。愛液も大洪水になっており、陰唇の間からトロトロと滴《したた》った。

彼は舌を這わせ、大量の蜜をすすって淡い酸味を飲み込みながら、膣口からクリトリスまで執拗に舐め回した。

「アア……、気持ちいい……」

マリーは彼の顔の左右に両膝を突き、特にクリトリスを強くこすった。圭一は充分に舐め、蜜を味わい、白く豊かなお尻の真下にも潜り込んでいった。

両の親指でムッチリと双丘を開き、可憐な薄桃色のツボミに鼻を埋め込んだ。秘めやかな匂いが籠もり、圭一は激しく高まった。舌を伸ばして襞を舐め、さらに内部にも潜り込ませてヌルッとした滑らかな粘膜を味わった。

「う……、んん……」

マリーが小さく呻き、潜り込んだ舌をキュッキュッと肛門で締めつけてきた。

圭一は、いくら顔に座られて、鼻が濡れたワレメに潜り込もうとも窒息することはなく、延々《えんえん》と舐めることが出来た。

そして充分に内部を味わってから、再びクリトリスに吸いついていくと、彼女は自分から股間を引き離してきた。

「もういいわ、入れたい……」

マリーは言い、移動して彼のペニスに屈み込んできた。そして形良い口を丸く開いて亀頭を含み、チュッと吸いつきながら内部でチロチロと舌を蠢かせた。

「ああ……」

圭一は激しい快感に喘ぎ、熱い息で下腹をくすぐられながら悶えた。

やがてマリーは充分に舐め、唾液に濡らしてからスポンと口を離し、身を起こしてきた。そしてペニスに跨り、女上位で交接してきた。

そう、前回はアナルセックスだったから、今夜は正規の結合をしたかったのだろう。

屹立した肉棒がヌルヌルッと一気に呑み込まれ、圭一は肉襞の心地よい摩擦に絶頂を迫らせて悶えた。

彼女も完全に座り込んで股間を密着させ、グリグリと腰を動かしながら、きつく締めつけてきた。たちまちペニスは、唾液に続いて愛液にまみれた。

「ああ……、いい気持ちよ、とっても……」

マリーは熱く息を弾ませて囁きながら、身を重ねてきた。

圭一も下から抱きとめ、最初からズンズンと股間を突き上げて、何とも心地よい摩擦を味わった。

「アアッ……、もっと突いて、奥まで、強く……」

マリーも腰の動きを合わせながら、彼の肩に腕を回して肌全体を密着させてきた。圭一は美女の匂いと温もりに包まれながら、たちまちオルガスムスの快感に巻き込まれてしまった。

「く……！」

大きな快感を受け止めながら呻き、ありったけの熱いザーメンを柔肉の奥にほとばしらせた。

「あぁーッ……、い、いく、すごいわ……！」

マリーが同時に絶頂を迎えたように声を上げ、ガクガクと狂おしく全身を痙攣させた。膣内の収縮と締めつけも最高潮になり、彼は最後の一滴まで吸い出されてしまった。

やがて互いに動きを止め、力を抜いて重なった。圭一はマリーの重みを感じながら荒い呼吸を繰り返し、美女の熱く甘い吐息を嗅ぎながら、うっとりと快感の余韻を味わうのだった。

5

翌日、マリーは湘南へ帰っていった。

圭一は函館の両親に住所が変わったことをメールで知らせた。もっとも高円寺のアパートもとうに引き払っているのだが、滅多に電話をくれない両親はそれさえ知らなかったようだ。

まあ、夏休みに帰省したばかりだから、特に心配もしていないのだろう。

だが来年、圭一が東大に入ってしまったらどう思うだろうか。その説明も、うまくしなければならない。素朴な勤め人である父親やパート主婦の母親は、まぁ、れで入ったと喜ぶかもしれないが、友人や高校時代の教師などは信じないだろうし、何か裏があるのではと勘ぐるはずだ。

確かに裏はあるのだが、誰にも言うわけにはいかない。

ならば東大でなく、無難な大学へ入ればいいのかもしれないが、何しろ屋敷から目と鼻の先で便利だ。

もちろんウラシマの力があれば、何も来春の入学を待たなくても、この春に合格したことにして、今すぐ東大生になることも可能である。しかし、それはさすがに周囲の納得が得られないし、圭一も今はすることが多くあった。

昼間は亀夫の書斎を借り、彼のすすめる文献に目を通した。それはウラシマ集団の歴史であり、彼の研究の成果でもあった。

とにかく乙姫と、その乗り物に関しては、アメリカにも知らせていない大機密である。

圭一は、不死身になってから頭脳も冴え渡り、記憶力と理解力が抜群に向上していたから、どの文献の知識もすらすらと頭に入ってきた。

そして疲れを知らず、性欲もそれまで以上に旺盛になってきた。

それは亀夫も同じらしく、同居するようになると彼も遠慮なく、圭一がいても多くの女性を連れ込むようになっていた。

驚いたことに、みな二十代前半の美女たちばかりだ。亀夫より百歳も年下で、彼からすれば曾孫《ひまご》のようなものだろうに、女性の好みは三十八歳のままのようだった。

おこぼれを、とも思ったが、圭一は自分で見つけることが出来るのだ。

もちろん巳沙や波子に会いたいと思うこともあったが、彼女たちは、今は療養と無事な出産が第一だ。やがて出産を終えれば再会できるし、母乳も飲ませてもらえるだろう。

我が子には会えないが、圭一に執着はない。むしろ、腹を痛めて生んだ巳沙や波子こそ、子と引き離されるのは辛いだろうが、それも最初からの取り決めなのである。

圭一は午後から外出し、タクシーで六本木にある芸能プロダクションに足を運んだ。そこでカードを見せて社長に会い、アイドルの永沢《ながさわ》さとみが呼べるかどうか訊いてみた。

「はい、そろそろイベントが終わる頃ですので、すぐ来られると思います」

「女優の松坂《まつざか》菜々《なな》は？」

「いま沖縄へ行っておりますので、すぐ呼んだとしても、到着は今夜になってしまいます。他に、声優もおりますし、今すぐでしたら、これとこれと」

社長は、まるでソープランドの待合室のように写真入り名簿を開き、すぐ呼べる子を指していった。

結局、圭一は永沢さとみと、夜には松坂菜々を呼んでもらうよう頼んだ。

もちろん二人には、シャワーは浴びず歯も磨かず、トイレ洗浄器も使わないで来ることを命じた。

何ら対処をせず、あるがままの、ナマで自然なフェロモンを求めるのは男としての常識である。いかに美女でも無味無臭や人工の芳香だったら触れる意味はない。これは誰もが分かり切っていることであろう。

やがて圭一がホテルの部屋で待機していると、間もなくアイドルの永沢さとみが、前に出た映画で着ていたセーラー服姿で入ってきた。

実際は十九歳で、圭一と同い年だが、何しろ童顔《どうがん》なので制服が似合うのだ。

「よかった。すごいオジサンかと思っていました……」

さとみが、緊張しながらオドオドと言った。決して失礼のないように、とでも言い含められて来たのだろう。

「ああ、同級生だから気楽にして」

圭一は言いながら、何度もプロモーション映像やグラビアでお世話になった彼女を前にして感激していた。

とにかく圭一は先に脱いで全裸になってしまい、セーラー服姿の彼女をベッドに誘った。もちろんさとみも覚悟して来たのだろうし、早く済ませて帰りたいだろう。

しかし圭一は彼女を脱がせず、せっかくの制服姿を観賞しながらベッドに仰向けにさせた。

白いソックスに鼻を埋め、足裏や爪先の黒ずみを嗅いだ。ほんのりと、高校の下駄箱の香りが感じられ、やがて彼は両のソックスを脱がせ、美少女の素足に顔を押し当てていった。

「あん、汚いですよ。ずっと、撮影で動き回っていたし、ゆうべからシャワーも浴びていません……」

足の裏を舐めると、さとみが声を震わせて言った。

構わず彼は指の股の湿り気を嗅ぎ、爪先にしゃぶりついていった。

「アアッ……！」

当然ながら処女ではないだろうが、それほど体験も多くはないだろう。そして足の指を舐められるのは初めてだったかもしれない。彼女は激しく身悶え、快感よりも羞恥と刺激に声を洩らした。

圭一は美少女アイドルの足の匂いを堪能しながら指の股を舐め回し、両足とも味わってから滑らかな脚の内側を舐め上げていった。

濃紺のスカートの中に潜り込んでいくと、ムッチリとした内腿に触れ、奥の熱気が顔に吹きつけてきた。

そして白いショーツを引き脱がせ、完全に裾をめくりあげて股間を丸見えにさせた。

「ああッ……、恥ずかしい……」

両膝を全開にされるとさとみが言い、白い下腹をヒクヒクと震わせた。

圭一は顔を寄せ、楚々《そそ》とした若草と、ぷっくりしたワレメを見た。指で陰唇を広げると、初々しい柔肉と、可憐に息づく膣口が見えた。クリトリスは小粒で、全体が実に形良かった。

多くのファンが、彼女のこの形と匂いを妄想して抜いているのだ。

顔を埋め込むと、柔らかな茂みが鼻をくすぐり、同時に甘ったるい汗の匂いが感じられた。もちろん下の方へこすりつけると、悩ましいオシッコの匂いと、蒸れたチーズに似たフェロモンもあった。

圭一は何度も深呼吸しながら舌を這わせ、膣口と柔肉、可愛いクリトリスを舐め回した。

「あうう……、気持ちいい……」

さとみが目を閉じ、うっとりと言った。最初から覚悟して来たから、どうせなら楽しもうと気持ちを切り替えているのだろう。たちまち唾液に混じり、ワレメ内部はヌラヌラとした蜜が溢れてきた。

彼は脚を浮かせ、丸いお尻の谷間にも顔を寄せた。指でグイッと双丘を広げると、可憐なピンクの肛門が閉じられ、鼻を埋め込むと約束どおり秘めやかで生々しい微香が籠もっていた。

舌を這わせ、内部にもヌルッと潜り込ませると、

「アア……、い、いけません……」

さとみがか細い声で言い、キュッとツボミを引き締めてきた。

圭一は内壁の粘膜も充分に味わってから、再び舌をワレメに戻した。蜜もすっかり充分に溢れているので、まずは一回目を済まそうと思った。フェラチオもオシッコも、諸々《もろもろ》のことは後回しだ。

彼は身を起こし、はち切れそうになっているペニスを挿入していった。

温かく濡れた柔肉の奥に、ヌルヌルッと押し込んでいくと、

「ああーッ……！」

さとみが顔をのけぞらせて喘いだ。

圭一はセーラー服のスカーフを解き、セーラー服の胸元を開いて可愛いオッパイを引っ張り出した。屈み込んで薄桃色の乳首をチュッと含むと、制服の内に籠もったフェロモンが甘ったるく漂ってきた。

やがて圭一は、よく締まる柔肉の収縮に高まりながら、腰を突き動かしはじめた。そしてぷっくりした唇を求め、舌を潜り込ませると、甘酸っぱい果実臭のする息が濃厚に鼻腔を刺激してきた。

（ああ……、波子と同じ匂い……）

圭一は思い、江ノ島を懐かしみながら激しく昇り詰めていったのだった……。

※この作品は双葉文庫のために書き下ろされたもので、完全なフィクションです。

双葉文庫

む-02-15

巨乳諜報員《きょにゅうエージェント》

2007年10月20日　第1刷発行

【著者】
睦月影郎《むつきかげろう》

【発行者】
佐藤俊行

【発行所】
株式会社双葉社
〒162-8540 東京都新宿区東五軒町3番28号
[電話]03-5261-4818(営業) 03-5261-4833(編集)
[振替]00180-6-117299
http://www.futabasha.co.jp/
(双葉社の書籍・コミックが買えます)

【印刷所】
慶昌堂印刷株式会社

【製本所】
株式会社若林製本工場

【表紙・扉絵】南伸坊
【フォーマット・デザイン】日下潤一
【フォーマットデジタル印字】飯塚隆士

ISBN978-4-575-51162-8 C0193

藍川京

魅惑の女主人

長編ディープ・エロチカ

両親の事故死により社長となった君塚瑠美は、生来の美貌と気高さで男たちを翻弄し、さらに新事業のために若い男たちを虜にしてゆく。

藍川京

淫らな指先

オリジナル長編
エロチック
エンターテインメント

女性専用整体院の瀧川俊輔は、片岡院長とともに伊豆の旅館に来ていた。極上の美女・四季子も加わって、抱腹絶倒のエロエロ行動！

北山悦史

媚熱ざかり

書き下ろし長編
愛テク官能

的場剛士は、十数年間妻一筋の真面目なサラリーマン。ある日大学生の姪・愛香から自称ファザコンの宮本美遊を紹介され、性活は一変。

霧原一輝

蜜菓より甘く

書き下ろし長編
回春エロス

和菓子職人の辻村勘弥は、大の携帯電話嫌い。ところが携帯電話ショップに勤める西島香耶に心惹かれ、第二の性春をスタートすることに。

草凪優

マンションの鍵貸します

オリジナル長編
性春エロス

不動産店の壷谷周一は、女子大生の誘惑に負け部屋を貸すことに。だが彼女は実はキャバ嬢で、お堅い未亡人オーナーを説得するハメに。

草凪優

晴れときどきエッチ

書き下ろし長編
性春エロス

妹のような坂井由美香は、朝の情報番組のドジなお天気キャスター。矢崎昌彦と由美香の関係が恋人になりそうな時、番組内で事件が起きる。

末廣圭

妖花《ようか》の館《やかた》

書き下ろし長編
サスペンス・エロス

介護をしていた男の葬儀の席で、藤堂聖士は遺書めいた封筒を渡された。その中には、女に渡してほしいという高額の小切手が。

菅野温子　**熱帯魚のように**　書き下ろし長編　柔肌エロス

お嬢様の山瀬詩織、女性向けアダルトグッズショップを営む麻木美々など、女が感じるさまざまな淫心を、女の側から赤裸々に描く世界。

橘真児　**眠れる滝の美女《ビジョ》**　書き下ろし長編　ミステリー・エロス

恋人の亜希子に手痛いことを言われ田舎に戻った瀧田浩嗣は、滝壷にあるらしい宝を求めて滝壷に潜ってみるのだが、思わぬ宝を発見する。

橘真児　**ビーチ区へようこそ**　書き下ろし長編　ミステリー・エロス

夕闇市の財政難解消のため、市長の元秘書・葉月に命じられ、東野久仁彦はビーチ・エロスポーツ大会を企画。前代未聞の大会が始まった。

館淳一　**魅入《みい》られて**　復刻版　傑作長編エロス

携帯電話にかけてきた見知らぬ男から、伊集院謙介は妻を誘拐したと告げられた。金品を一切要求しようとしない男の目的とは⁉

牧村僚　**義母と叔母**　癒し系　長編エロス

俊介が6歳のとき父と再婚したのは、18歳の麻美だった。麻美を実母のように慕っていた俊介だったが、次第に禁断の思いが広がっていく。

牧村僚　**蜜約**　癒し系　性愛小説

真面目一筋の教頭田村芳和は、亡き妻の弔問に訪れた元教え子眞弓から甘美な激励を受け、それまでとは違った男の生き方を知り始める。

牧村僚　**人妻追慕《ついぼ》**　文庫オリジナル　癒し系性愛小説

大学の寮でともに青春を過ごした40代の同期生8人は、懐かしさも手伝って童貞を卒業した時の初体験談義をしようということになる。

睦月影郎

メイド・淫《イン》・蜜《ハニー》

長編エロス
文庫オリジナル

鎌倉の古い洋館に開店した喫茶店「三月兎」でバイトを始めた桂木博夫。美人オーナーで童貞喪失を果たすが、その館にはまだ淫靡な秘密が。

睦月影郎

いけない巫女

書き下ろし長編
フェチック・エロス

一年後に廃校になる田舎の高校から招かれて赴任した伊原文男は、神社の巫女として年末の祭礼まで処女を守っている美穂に惹かれていく。

睦月影郎

熟れどき淫らどき

オリジナル長編
フェチック・エロス

健康食品会社に勤める石根郁夫はさえない男だが、スーパーウイッグを被ると20歳若返る。カツラで変身し、オイシイ思いを満喫！

睦月影郎

はじらい吸血鬼《ヴァンパイア》

書き下ろし長編
フェチック・エロス

モテない大学三年生の石原孝司が、淡い憧れを抱いていた美少女加納安奈。なぜか彼女は写真にもビデオにもその姿が写らない⁉

睦月影郎

フェロモン探偵局

書き下ろし長編
フェチック・エロス

桐丘探偵事務所には、巨乳所長・桐丘美沙緒と短大出でくノ一の末裔・楠木明日香がいる。バイトに入った神田冬男の嗅覚は、役に立つのか。

睦月影郎

みだれ浪漫《ろまん》

オリジナル長編
タイムスリップ・エロス

杉坂治郎は、バイト先の古い洋館を使ったギャラリーの地下室で地震に遭い、なぜか大正時代へタイムスリップしてしまう。

睦月影郎

保育園の誘惑

書き下ろし長編
フェチック・エロス

忍者の血を引く服部恭三は、幼児の体型に変身できる。兄嫁から息子の通う保育園のいじめっ子を懲らしめてくれと頼まれるのだが。